KB016538

동물에 대한 인간의 예의

동물을 좋아하는 마음을 넘어 우리에게 필요한 것
동물에 대한 인간의 예의

초판 1쇄 펴냄 2020년 12월 10일
   2쇄 펴냄 2021년 10월 29일

지은이 이소영

펴낸이 고영은 박미숙
펴낸곳 뜨인돌출판(주) | 출판등록 1994. 10. 11. (제406-251002011000185호)
주소 10881 경기도 파주시 회동길 337-9
홈페이지 www.ddstone.com | 블로그 blog.naver.com/ddstone1994
페이스북 www.facebook.com/ddstone1994 | 인스타그램 @ddstone_books
대표전화 02-337-5252 | 팩스 031-947-5868

ⓒ 2020 이소영

ISBN 978-89-5807-781-7 03810

동물을 좋아하는 마음을 넘어 우리에게 필요한 것

동물에 대한
인간의 예의

이소영 지음

뜨인돌

차례

Part 1

동물과
인간 사이

우리에게 필요한 질문들

Part 2

동물과
인간 사이

―

공존하기 위해 알아야 할 것들

인터넷에서 강아지 한 마리를 산 후, 15년이 흘렀습니다. 그
중 절반의 시간은 「동물보호법」이나 관련 이슈에 큰 관심이
없는 사람으로, 나머지 절반은 '동물보호운동'을 연구하는
대학원생으로, 동물보호 시민단체의 활동가로, 국회의원의
보좌진으로 그리고 시청에서 동물보호 업무를 담당하는 공
무원으로 살았습니다.

어린 시절부터 유난히 동물을 좋아했습니다. 짐 캐리
가 주연한 영화 〈에이스 벤츄라〉를 보며 나만의 동물원을
갖는 상상을 했고, 길에 버려진 개를 무작정 집에 안고 들어
와 엄마를 당혹스럽게 만드는 날이 많았으며, 청계천 애완
동물 거리에 가서 동물들을 구경하는 일을 소풍처럼 기다리
기도 했습니다. 시간이 아주 많이 흐른 뒤에야, 제가 동물을
좋아한다는 이유로 했던 생각과 행동들이 사실은 동물을 괴
롭게 만드는 일이라는 것을 알게 되었습니다.

지금 이 순간에도 어느 누군가는, 좋아한다는 이유로
하는 행동들이 사실은 '옳지 않은 행동'이라는 것을 알지 못
한 채 살고 있으리라 생각합니다.

귀엽게 만들어진 동물의 모습을 분별없이 소비하거

나, 동물의 습성을 고려하지 않은 채 사랑이라는 이름의 폭력을 저지르기도 할 것입니다. 또한, 내가 좋아하는 동물을 위한다는 이유로 다른 동물이 겪는 고통을 정당화하거나 때론 내 이웃의 불편을 외면하는 일도 더러는 있을 것입니다.

그렇기에 저는 동물에 대한 개인의 감정과 우리 사회의 정책을 만들고 시행하는 일이 늘 멀리 떨어져 있기를 바랍니다.

사회의 정책은 누군가의 호불호로 결정되어서는 안 되며 동물을 보호하고 존중하는 일 또한 동물을 좋아하는 사람들만의 일로 치부되어서는 안 되기 때문입니다.

이 책에는 다양한 일터에서 '동물보호'라는 이슈를 마주하며 고민했던 생각과 짧은 에피소드들이 담겨있습니다. 동물과 사람이 공존하기 위해 던져보아야 할 질문과 알아야 할 일들에 대해 무겁지 않은 목소리로 전달하고 싶었습니다. 부디 독자분들이 저마다의 답을 찾아가는 여정에서 이 책이 즐거운 동행자가 되었으면 좋겠습니다.

제 글이 한 권의 책이 될 수 있도록 함께 고민해주시고 뜻을 모아주신 뜨인돌출판사 관계자 여러분께 감사의 마음을 전합니다.

가족들에게도 사랑을 전합니다. 존경하는 문승호 여사님. 어머니의 사랑과 지혜가 저를 존재하게 합니다. 사랑합니다. 언제나 아름답고 따뜻한 언어로 해결의 실마리를 건네주시는 형부와 늘 멋지고 든든한 존재인 언니에게도 애틋한 마음을 전하고 싶습니다.

가장 친한 친구이자, 연인이자, 평생의 동반자가 될 김영석에게 사랑과 고마움을 전합니다. 긴 시간 동안 한결같은 모습으로 곁에 있어주어 고맙습니다. 앞으로도 우리가 함께 만들어갈 이야기가 재미있고, 따뜻했으면 좋겠습니다.

마지막으로 나의 세상을 완벽하게 바꿔놓은 포로리와 보노에게 이 책을 선물합니다. 나를 만나 함께하는 그들의 짧은 시간이 부디 행복하기만을 바랍니다.

이소영

Part 1

동물과
인간 사이

우리에게
필요한 질문들

악어를
구한다고요?

나는 석사 과정 2학기를 마치고 동물보호 시민단체에 들어
갔다. 이유는 두 가지였다. 책상 앞을 벗어나 '살아있는 연
구'를 하고 싶다는 것이 첫 번째였고, 버려지고 다친 동물들
을 위해 '실천적인 일'을 하고 싶다는 것이 두 번째 이유였다.

대학원에서 사회학을 공부할 때 나는 이따금 이런 질문을
받았다.

"'애견의 사회학' 하신다면서요?"

자신의 연구를 '○○의 사회학'이라 명명할 수 있는 것이 그
분야를 선점하는 방법이라 말하던 몇몇 선배들은 나를 '애

건 사회학'의 선구자라고 불렀다. 딱히 반박할 말이 없었다. 나 스스로도 내가 연구하고 싶은 주제가 정확히 무엇인지 몰랐기 때문이다.

사회학에서는 주로 사회의 '제도, 계층, 문화, 불평등, 권력, 자본주의' 같은 주제를 연구 테마로 삼지만, 나는 석사 과정 내내 '동물'을 주제로 하는 연구에만 관심을 쏟았다.

사실 동물보호단체에서 일하기 전까지, 나에게 어떤 문제의식이 있는지도 명확하지 않았다. 대학원 신문에 반려동물에 관한 칼럼을 쓰기도 했지만 딱 거기까지였다. 나의 지식은 학위논문으로 나아갈 만큼 깊지 않았고, 막연하게나마 느껴지던 문제의식을 구체화하기에는 참고할만한 선행 연구도 충분하지 않았다.

어느 교수님의 말처럼 '사람 복지도 제대로 안 되어있는 마당에 동물 복지를 말하는 건 시기상조'일지도 모른다는 생각이 들기 시작했다. 그렇게 나의 대학원 생활이 미궁에 빠질 무렵, 한 동물보호 시민단체에서 활동가를 모집한다는 공고를 보게 되었다. 망설일 이유가 없었다.

단체에 들어간 후에도 나의 문제의식은 한동안 개와 고양이로 대표되는 반려동물과 펫 산업에 머물렀다. 번식장의 열악한 실태와 그곳에서 자행되는 잔인한 동물 학대에 분노했고, 잘못된 부분을 바로잡기 위해 정책과 캠페인을 고민했지만, 개와 고양이 외에 다른 동물들이 겪는 문제에는 일절 관심이 없었다. 그 당시에 내가 생각했던 '동물보호'의 범주에 포함되는 '동물'은 나의 생활반경 안에서 '네 발로 걸어 다니는 털이 북실북실한 동물들'뿐이었다.

그런데 아이러니하게도 내가 동물보호단체에 들어가 처음으로 구조에 참여한 동물은 '악어'였다.

"소영 씨도 같이 가볼래?"

대표의 제안에 나는 서둘러 가방을 챙겼다. 입사 후 첫 외근이었다. 제보에 따르면, 일산의 한 고깃집에서 살아있는 '악어'를 전시한다고 했다.

우리가 구조해야 하는 동물이 '악어'라고? 뭔가 이상했다. 내가 보호해야 할 동물에 '악어'도 포함될 수 있다는 사실을 나는 그때 처음 알았다. 대표, 선임 활동가와 함께 도착해보니 고깃집 앞에는 '이게 왜 여기에 있지?' 싶은 위치에 길쭉한 수조가 놓여있었다. 그리고 그 안에는 진짜 악어가 있었다.

악어는 2미터가 넘는 몸이 겨우 들어가는 수족관에 꼼짝없이 갇혀있었다. 수족관은 악어가 몸을 돌리거나 옆으로 움직일 수도 없을 만큼 협소했다.

'살아있나?'

나는 악어를 이리저리 살폈다. 25세 수컷. 이름이 '만식'이라는 악어는 숨을 쉬는 박제처럼 가끔 눈을 깜빡일 뿐이었다. 선임 활동가는 만식이가 CITES 1급에 해당하는 '샴 악어'라고 말해주었다.

CITES(Convention on International Trade in Endangered Species of Wild Fauna and Flora)란 '멸종위기에 처한 야생 동·식물종의 국제 거래에 관한 협약'을 말하는데 이 협약에서 정한 동·식물은 정부의 허가 없이 임의로 '포획, 거래, 사육'해서는 안 된다. 녹조와 분변이 뒤섞인 수족관에서 숨만 쉬고 있던 악어는 CITES 1급에 해당했고, 만식이의 보호자는 허가 없이 악어를 사육하고 있었기에 원칙적으로는 환경부의 몰수 조치가 시행되어야 했다. 그러나 법에서 규정하는 조건을 갖춘 시설이 충분하지 않기 때문에 불법 행위를 적발해도 몰수는 쉽지 않았다. 대표는 보호자에게 만식이를 동물원 등의 시설에 보내도록 설득했다.

보호자는 오랜 세월 정든 악어를 떠나보내는 일이 쉽지 않다고 말하며 눈물을 보였지만, 악어에 관심이 없었던 내가 봐도 그동안 만식이의 삶이 얼마나 고통스러웠을지 짐작이 갔다. 좁은 공간에 갇혀 평생을 살아야 한다는 것은 누구에게라도 가혹한 형벌이니까.

그로부터 몇 개월이 더 지났을 때였다. 동물보호단체 업무에 조금씩 익숙해질 무렵, 공무원들과 함께 동묘에서 청계천으로 이어지는 '동물 판매 거리'에 현장 조사를 나갔다. CITES에 해당하는 동물이 임의로 거래되고 있는지 단속하기 위함이었다.

현장에 동행한 선임 활동가는 내게 카메라를 건네며 자신이 가리키는 동물을 찍으라고 했다. 현장 조사의 증거를 남겨야 했기 때문이다. 나는 자신 있게 카메라를 받아들었다. 우리는 작은 수조들이 켜켜이 쌓여있는 가게에 들어섰다. 선임은 가게 안을 둘러보더니 주인이 다른 손님을 응대하는 사이 나를 잡아끌었다.

"서랍을 하나씩 열 테니까 잘 찍으세요."

그는 외진 곳에 자리한 서랍을 조심스럽게 열었고, 카메라 초점을 맞추던 나는 깜짝 놀라 뒷걸음질했다.

"으악!!"

서랍 안에는 형형색색의 뱀들이 꿈틀거리고 있었다. '맙소사. 차라리 만식이를 다시 만날 수만 있다면!' 나는 불편한 마음을 감추고 셔터를 눌렀다. 선임 활동가는 내가 사진을 찍고 있는 뱀들에 대해 친절히 설명해줬지만, 아무것도 들리지 않았다. 내 영혼은 이미 집으로 향하는 지하철역으로 달려가고 있었다.

현장 조사를 마친 뒤 며칠 동안 한 가지 생각이 떠나지 않았다. 어쩌면 나는 심각한 '종차별주의자'일지도 모른다는 생각…. 나는 어떤 동물은 보호받아 마땅하다고 여기면서 어떤 동물이 겪는 고통에는 무감각했다. 내가 좋아하는 동물이 받는 불합리한 처우에는 분노하고, 좋아하지 않는 동물이 살아가는 열악한 환경은 크게 중요하지 않은 일로 치부해버린 것이다. 잠시였지만, 그 순간에도 나는 분명 눈앞에서 꿈틀거리는 뱀을 촬영하면서 '뱀 따위 알게 뭐야'라는 생각을 했으니까.

동물 운동의 바이블이라고 할 수 있는 『동물 해방』의 저자 피터 싱어는 "자기가 소속되어있는 종의 이익을 옹호하면서 다른 종의 이익을 배척하는 편견 또는 왜곡된 태도"를 "종차별주의"라고 정의한다. 그는 또한 "한 개체가 다른 개체를 어떤 종(種)에 속해있다는 이유로 차별하는 것은 편견이며, 이것은 어떤 인종에 속해있는가에 따라 개인을 차별하는 것처럼 부도덕하고 정당화할 수 없는 것"이라고 말한다.

싱어에 따르면 '종 차별'을 저지르지 않기 위해서는 모든 측면에서 유사한 존재들이 유사한 생명권을 갖는다는 사실을 인정해야 하며, 자기가 속한 종의 구성원들에게는 하지 않을 행동을 다른 종에게도 저지르지 말아야 한다. 다시 말해, 그는 인간과 비인간 동물을 구분 지어 인간에게만 '평등의 논리'를 적용하는 것을 철저히 경계했다.[1]

나는, 동물의 권리를 인간과 같이 고려해야 한다는 그의 주장에는 동의하면서도 내가 좋아하는 동물의 권리와 이익에만 관심을 기울이고 옹호하는 또 다른 종 차별을 저지르고 있었다. 내가 악어와 뱀을 좋아하지 않듯이 누군가는 개와 고양이를 좋아하지 않을 수 있다. 그러나 분명한 것은, 내가 사랑하고 아끼는 존재에만 관심을 쏟으면서 다른 생명이 고통받는 현실을 외면하거나 정당화해서는 안 된다는 것이다.

나는 내가 좋아하는 동물의 권리와 이익만을 대변하는 것은 또 다른 차별을 만든다는 사실을 잊지 않으려고 한다. 만식이를 만나고 5년이 흐른 지금도 여전히 악어와 뱀을 무서워하지만, 굳이 극복할 필요가 없다는 결론에 도달했다. 인간이 모든 인간을 사랑할 수 없듯이 동물도 그러하다. 중요한 건 그 존재를 인정하고 존중하는 일일 것이다. 그리고 그 일은, 개인의 호불호가 한 생명의 존재 가치를 결정할 수 없다는 당연한 사실을 잊지 않는 것에서부터 시작된다.

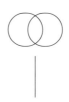

기린을 먹으면 목이 길어질까?
코끼리를 먹으면 코가 길어질까?

2020년, 봄이 오는 길목에서 코로나 19 바이러스가 퍼졌다. 처음에 사람들은 그것을 '우한 폐렴'이라고 불렀다. 중국의 우한 지역에서 퍼진 바이러스라는 이유였다. 인터넷에는 '우한'에 대한 정보가 쏟아졌다. 무엇이 진짜고, 가짜인지 모를 뉴스들이 즐비했다. 잘못된 정보를 바로잡기 위해 찾은 정보가 다시 잘못된 정보로 밝혀지는 우스꽝스러운 형국이 이어졌고, 사람들은 바이러스의 확산이 누구의 잘못인지를 따지기 위해 끊임없이 날을 세웠다.

어느 날부터는 '박쥐'가 실시간 검색어를 장악했다. 박쥐가 코로나 19의 원인으로 지목되었기 때문이다. 중국인들이 바이러스의 숙주인 '박쥐'를 먹는 문화로부터 신종 바이러스가 퍼진 것이라는 그로테스크한 언론 보도가 며칠 동안 이어졌다. 나는 덕분에 처음으로 박쥐의 생김새를 자세히 볼 수 있었다. 생각해보면 내 머릿속의 박쥐는 언제나 고담시를 지키는 존재였으니, 박쥐라는 동물이 실제로 존재한다는 사실 자체가 낯선 일이었다.

관련 기사의 댓글에 넘치는 '중국이 그렇지 뭐'라는 비아냥은 아침저녁으로 주고받는 인사말 같은 느낌이었다. 사람들은 중국을 끊임없이 비난하고 조롱했다. '중국인들은 네 다리가 달린 건, 책상 빼고 다 먹는다'는 말은 그 나라 사람들에게 문명화되지 않은 '야만성'이 있음을 기정사실로 받아들이는 표현이었다. 그리고 많은 이들이 그 말에 동의했다.

몇 해 전, 우리나라에서 있었던 '나비탕 사건'이 떠올랐다. 50대 남성이 600여 마리의 길고양이를 산 채로 끓는 물에 넣어 도살한 뒤 건강원에 팔아넘기다가 적발된 사건이다. 나비탕이란 고양이를 달여 만든 추출액을 말한다. 사람들이 나비탕을 찾는 이유는 단순하다. 고양이가 '허리디스크, 골다공증, 관절염'에 좋다는 속설 때문이다. 높은 곳에서 뛰어내려도 안정적으로 착지하는 고양이를 보고 그리 믿게 되었을 것이다. 아직도 수도권 인근의 큰 장이 열리는 곳에 가면 입구에 '고양이'라고 쓴 건강원을 심심치 않게 볼 수 있다.

동물보호단체의 활동가로 일하면서, 학군이 좋다고 알려진 동네의 건강원을 방문한 적이 있다. '물범즙'에 대해 알아보기 위해서였다. 건강원 관계자는 '물범즙'의 효능에 대해 "오메가3와 불포화 지방산이 많아 특히 수험생들에게 좋다"고 설명했다. 이후 한 방송사에서 기관에 물범즙의 성분 분석을 의뢰했고, 전문가들은 물범즙 110포를 먹어야 오메가3 한 알을 먹는 효과를 볼 수 있다고 밝혔다.[2] 그럼에도 여전히 누군가는 좋은 대학에 진학하기 위해서는 영양제 한 알을 삼키는 것보다 정성껏 달인 '물범즙'을 챙겨 먹는 편이 하늘이 감복할 행위라고 믿고 있을 것이다.

뇌과학자 정재승은 사람들이 근거 없는 속설을 믿거나 비합리적인 행동을 하는 이유에 대해 "불안하고, 예측하기 힘든 상황에서 그것을 통제하기 위해 인과관계를 억지로 갖다 붙여 마음의 위안을 얻으려는 노력"이라고 설명한다. 인간의 비이성적이고 비합리적인 믿음은 유럽 중세시대의 '마녀사냥'처럼 무고한 이들을 억울하게 희생시키기도 하고, 삶의 주도권을 근거 없는 속설에 내어주기도 하며, 때로는 그것에 사로잡혀 삶을 불행 속으로 밀어 넣기도 한다. 그는 또한 '입시'와 관련해서 유독 과학적 근거를 확인할 수 없는 미신이 많다고 설명한다. 결과에 대한 기대는 높고, 미래에 대한 통제권이 약할수록 그 간극을 극복하기 위해 아무런 상관없는 인과관계를 끄집어내려고 하기 때문이다.[3]

언젠가 새해 초에 등딱지에 이름이 새겨진 거북이가 발견됐다. 빨간색 페인트로 적힌 이름은 바다에 거북이를 무참히 버린 사람이 소중히 여기는 이가 누구인지 말해주었다. 유기동물의 정보를 공유하는 어플에 거북이의 사연이 올라오자 많은 이들이 분노했다. 거북이 등에 소원을 적어 한강이나 바다에 방생하는 것은 하루 이틀 일이 아니다. 자녀의 이름과 함께 '학업성취'라는 글자가 새겨진 거북이의 사진을 본 적도 있다. 자녀의 입신양명을 위해 무엇이든 할 수 있는 게 부모라지만, 말 못 하는 생명을 괴롭히고 유기하면서까지 이뤄내야 할 대단한 성취가 무엇인지 나는 모르겠다.

'정력의 신화'를 믿는 사람들도 있다. '해구신'은 물개의 음경과 고환을 말한다. 수컷 물개는 암컷 여러 마리를 거느리고, 하루에 10~20회의 교미를 한다고 알려져 있다. 그렇다 보니 수없이 많은 수컷 물개들이 그 힘을 빌리고 싶은 인간들에게 희생되고 있다. 뱀도 마찬가지다. 다른 동물에 비해 교미 시간이 긴 탓에 뱀의 힘을 빌리고 싶은 인간들의 표적이 되었다. 그뿐인가. 살아있는 곰의 몸에 빨대를 꽂아 얻은 쓸개 즙으로 정력을 채우려는 인간들도 있다. 정신분석가인 정도 언은 이러한 현상을 '구강기'의 흔적이라고 설명한다. 젖으로 허기를 달래고 몸이 커지는 경험을 한 사람들은 "정력이 뛰어난 동물의 생식기를 먹으면 자신의 정력도 강해질 것이라 믿는 것"이다.[4]

인간이 비합리적이고 비이성적인 행동으로 자신의 불안함과 공포심을 덮으려고 할 때, 그 자리에는 힘없고 약한 존재들로 쌓은 제단이 만들어진다. 미신을 믿는 행위가 그 누구에게도 피해를 주지 않는다면야 개인의 문제에서 그치겠지만, 근거 없는 믿음이 다른 생명을 무고한 죽음으로 몰아넣거나 누군가의 고통을 방관하는 일로 이어진다면 아무리 과학 기술이 발전한다고 해도 인간의 야만성을 지우지는 못할 것이다. 그리고 그건 몇몇 국가의 문화적 특성에서 비롯되는 문제가 아니라 인류 전체의 문제이며 지금을 살아가는 사람들이 앞으로 나아갈 수 있느냐의 문제이기도 하다.

몸이 유연한 고양이를 먹으면 골다공증이 낫고, 거북이 등에 글씨를 새겨 넣으면 소원이 이루어지고, 여러 암컷을 거느리는 물개의 생식기를 먹으면 정력이 좋아진다고 믿는 사람들에게 '기린을 먹으면 목이 길어지고 코끼리를 먹으면 코가 길어진다'고 말하면 어떤 반응을 보일까. 말도 안 된다고 코웃음을 칠까 아니면 진지하게 그럴지도 모르겠다고 생각할까.

어느 쪽이든, 그런 사람들과 동료 시민으로서 함께 살아가는 일이 가끔은 버겁게 느껴질 때가 있다.

원숭이는
누구를 위해 춤을 출까요?

추운 겨울이었다. 눈에 젖은 발가락이 꽁꽁 얼어 걸음마다 통증이 느껴졌다. 그날은 '원숭이 쇼' 공연장 앞에서 1인 시위를 하는 날이었다. 동물보호단체에 들어와 여러 차례 집회나 기자회견을 경험했지만, 오롯이 혼자 서있는 것은 처음이었다. 단체의 계획은 이랬다. 활동가 한 명은 공연장 앞에서 커다란 피켓을 들고 서있고, 또 다른 한 명은 멀찌감치 떨어져 현장 사진을 찍거나, 혹시 모를 사고에 대비한다. 공연장은 큰 호수 근처에 있었고, 그날은 유난히 바람이 매섭게 불었다. 겨울에 취약한 나는 두꺼운 장갑을 끼고 서너 겹의 옷을 껴입었음에도 시위가 시작되자마자 잔뜩 눈물을 머금었다. 얼른 따뜻한 이불이 있는 집으로 가고 싶었다.

릴레이 시위를 기획하는 단계에서 선임 활동가와 나는 '원숭이 쇼'를 관람했다. 쇼가 어떻게 진행되는지, 무엇이 문제인지, 어떠한 것들을 고발해야 하는지 미리 알아보기 위해서였다. 대부분의 동물 쇼가 그러하듯 '원숭이 쇼'도 어린이를 동반한 가족 단위의 관람객들이 많았다. 그날은 평일이었고 단체 관람을 하러 온 유치원생들로 북적였다.

공연은 '원숭이들의 학교생활'이라는 콘셉트로 진행되었다. 수업을 시작하는 종소리가 울리자 원숭이들이 하나둘 무대에 등장했다. 일렬로 놓인 책상에 원숭이 학생들이 모두 앉자, 선생님 역할을 맡은 조련사가 교단에 서서 원숭이에게 다양한 행동을 지시했다. 한 원숭이가 앞에 앉은 원숭이의 머리를 쳤고, 선생님의 출석부를 빼앗아 달아나기도 했다. 또 다른 원숭이는 뜬금없이 자전거를 타고 공연장을 몇 바퀴 돌았고, 공을 던지며 노는 원숭이도 있었다. 그야말로 난장판이었지만 아이들의 해맑은 웃음은 끊이지 않았다. 조련사는 중간중간 능숙하게 아이들의 박수를 유도했고, 아이들은 작은 손을 힘껏 마주치며 무대 위의 원숭이에게 집중했다.

그로부터 며칠 뒤, 단체는 공연장 앞 '1인 시위' 신고를 했고 현장에 나갈 활동가의 순서를 정했다. 시위자와 현장 조력자, 두 사람이 한 팀을 이루어 활동가마다 최소 두 번은 시위에 참여할 수 있도록 순번을 정했다. 나는 비슷한 또래의 여자 활동가와 한 팀이 되었다. 오전 9시경, 현장에 도착해서 자리를 잡았다. 1시간 30분에 달하는 시간 동안 지하철을 타고 이동한 우리는 시위를 시작하기도 전에 소진된 체력을 회복하고자 따뜻한 커피로 몸을 녹였다. 곧이어, 나의 외로운 1인 시위가 시작됐다.

처음 30분 정도는 견딜만했다. 저 멀리 내 모습을 찍고 있는 동료가 보였고, 나는 휴대폰을 힐끔 들여다보았으나 시간은 특별히 서둘러 흐르는 법이 없었다. 그때 '원숭이 쇼' 관계자들이 나의 1인 시위를 알아채고 공연장 밖으로 나왔다.

"아가씨, 여기서 지금 뭐 하는 거야?"

40~50대 남성들로 구성된 공연 관계자들이 하나둘씩 나오더니 불만을 드러냈다. 지금은 누군가 내게 다짜고짜 '아가씨'라고 부르거나 무례한 행동을 하면 단호하게 대처할 수 있지만, 20대의 나는 폭언 속에서 바들바들 떨며 자리를 지키는 것도 간신히 해낼 수 있는 사람이었다. '여기서 뭐 하는 거냐'고 따져 묻는 관계자들 앞에서 나는 굳이 입을 열지 않고, 그저 앞을 바라보며 이 순간이 빨리 지나가기를 바랐다.

나를 둘러싼 관계자들의 수는 점점 더 늘어갔다. 아침 첫 공연을 준비하다 말고 나온 관계자들은 거친 말을 뱉었다. '영업 방해로 경찰에 신고하겠다'는 말들이 오고 갔고, 멀찌감치 떨어진 곳에서 사진을 찍던 동료는 이 사실을 다급히 단체에 알렸다. 나는 휴대폰을 보며 지시를 기다렸다. 단체에서 돌아온 대답은 '그대로 자리를 지킬 것.' 선임 활동가는 나를 달랬다. 우리는 합법적인 시위를 하고 있고, 그들이 물리적인 폭력을 저지르는 일은 없을 거라고, 만약 그럴 경우 바로 경찰을 부르라고. 관계자들이 조성하는 살벌한 분위기 속에서 나는 '쇼'에 등장하는 원숭이가 된 것 같았다. 공포를 자아내는 폭력적인 상황에 둘러싸인 나라는 존재가 얼마나 작고 무력하게 느껴졌는지 모른다. 그때 한 관계자가 유달리 사나운 기세로 내게 달려들었다.

"니네 때문에 우리가 몇 년째 고생인 줄 알아? 동물보호는 지랄하고 앉아있네."

이따금 현장에서 말보다 주먹이 먼저 나올 것 같은 극한의 상황들을 마주하면 나는 이상하게 뒤로 물러서지 못한다. 권력자 앞에서는 '아이고 선생님' 하던 사람들이 자기보다 약해 보이는 사람에겐 무례함의 끝을 보여주는 상황을 절대로 좋게 넘어가 주고 싶지 않은 마음이 솟구친달까. 코앞까지 다가와 거칠게 행동하는 사람에게 말했다.

"저는 그냥 제가 해야 하는 일을 하는 거예요."

내 말이 끝나자마자 그의 입에서 '미친'이라는 단어가 나오는 것까진 들었는데 그 이후는 잘 기억이 나지 않는다. 나는 너무 추웠고, 지쳤고, 무서웠다. 왜 나한테 욕을 하느냐고 쏘아붙일 담력은 없었는데 '내가 해야 할 일을 하겠다'라고 말할 용기는 어디에서 났을까. 다리가 후들거리는데도 그 후 몇 시간을 더 덤덤히 서있었다. 오전에 휘몰아치던 관계자들의 분노는 오후가 되니 사그라졌다. 날이 추워서인지 귀찮아서인지 그들은 나를 보러 나오지 않았다. 때때로 담배를 피우러 나온 사람들이 연기를 내뿜으며 노려보긴 했어도 거기까지였다. 그제야 나는 모르는 이들에게 둘러싸여 폭력 사태가 벌어질지도 모른다는 공포보다 발가락이 꽁꽁 얼어 집까지 무사히 갈 수 있을지 걱정이 되기 시작했다.

마지막 공연 시간이 가까워 오니, 유치원생들의 단체 관람은 줄고 자녀의 손을 잡고 공연장을 찾은 관람객들이 눈에 띄었다. 낯선 장소에서 여러 명을 통솔해야 하는 유치원 선생님들은 줄을 이탈하는 아이들의 손을 빠르게 잡아끌었기 때문에 유치원생들은 대부분 내가 들고 있는 피켓을 보지 못하고 지나쳤다. 그러나 부모와 함께 천천히 걸음을 옮기던 아이들은 나에게 다가와 호기심 어린 눈으로 관찰하거나, 피켓 속 원숭이들의 사진을 보며 "얘는 왜 이래요?"라는 질문을 던지기도 했다.

"나 원숭이 보러 왔는데."

공연장에 들어서던 아이가 얼음 인간이 되어가고 있는 나에게 다가와 말했다. 잔뜩 기대에 찬 얼굴로 자랑을 하고 싶은 모양이었다. 나는 "그렇구나"라고 짧게 대답했다. 아이의 엄마는 곁에 서서 내가 들고 있는 피켓을 들여다봤다. 엄마는 아이에게 물었다.

"이거 봐봐. 원숭이가 아프대. 그래도 이거 볼 거야?"

아이는 엄마에게 '원숭이가 왜 아프냐'고 되물었다. 엄마는 아이에게 '원숭이는 이런 거 하기 싫은데, 사람들이 억지로 시켜서 아픈 거'라고 대답했다. 아이의 표정은 좋지 않았다. 그래도 원숭이가 보고 싶은 눈치였다. 엄마는 몸을 비비 꼬며 같은 말을 반복하는 아이의 손을 잡고 공연장 안으로 들어갔다. 하루해가 저물 즈음 나의 1인 시위는 끝이 났다. 긴 시간 동안 추위와 공포 그리고 고독함과 싸웠음에도, 나는 그날 공연장 안으로 들어가는 어느 한 사람의 발걸음도 되돌리지 못했다.

인간동물학의 권위자 마고 드멜로는, 아이러니하게도 동물을 사랑하는 사람들이 동물원을 더 찾는다고 설명한다. 동물원의 시설이나 사육 행태가 동물에게 열악하다는 사실을 알고, 죄책감을 느낄지라도 동물을 가까이에서 보고, 만지고자 하는 욕망의 실현이 우선하는 것이다.[5] 몇몇 사람들이 내가 들고 있는 피켓 속 절규하는 원숭이의 사연에 관심을 보이다가도 이내 공연장으로 발걸음을 재촉한 이유도 거기에 있을 것이다. 어린 자녀에게 '재미있는 원숭이'를 보여주고 싶은 욕망이 이긴 것이다.

쇼에 이용되는 동물들의 훈련 영상을 보면 늘 마음이 착잡하다. 공을 던지며 자전거를 타는 동물들의 발목에는 무거운 쇠사슬이 채워져 있고, 날카로운 꼬챙이가 말을 듣지 않는 동물들을 찔러댄다. 배고픔에 굶주린 동물이 머리 위에 달린 먹이를 잡으려고 있는 힘껏 달리기도 한다. 채찍질을 당하는 동물들이 절규하고, 학대를 당하다 죽은 어미를 붙잡고 꺼억꺼억 소리를 내는 아기 원숭이에게는 또 다른 쇠사슬이 채워진다. 그리고 공연장의 객석을 가득 채운 사람들은 그런 잔인한 과정을 겪어온 동물들에게 환호와 박수를 보낸다.

나는 그날 8시간 동안 단 한 명의 발걸음도 되돌리지 못했지만, 공연장으로 향하던 누군가를 잠시 멈춰 세울 수는 있었다. 그리고 그 걸음을 조금이나마 느리게 만들 수는 있었다. 한 아이가 '원숭이가 왜 아프냐'는 질문을 던질 수 있게 했고, 한 부모가 '그래도 볼 거냐'는 또 다른 질문을 던질 수 있게도 했다. 그걸로 충분했다. 발가락의 감각은 사라진 지 오래였고, 집에 돌아와 몇 날 며칠을 감기로 골골댔으나 그날의 시간은 내가 걸어가야 할 삶의 좋은 방향을 보여주었다.

세상의 변화는 '좋은 질문'을 던지는 것에서부터 시작된다고 믿는다.

우리가 비록 모든 문제를 해결할 수 없더라도 좋은 질문을 던지고 적절한 답을 찾는 일을 멈추지 않았으면 좋겠다. 원숭이가 왜 아프냐고 내게 물었던 아이가 자신만의 답을 찾아내는 어른이 되기를 마음 깊이 바란다. 그리고 나 역시 익숙해지지 않는 두려움 앞에서도 '내가 해야 하는 일'을 하는 사람으로 살기로 마음을 다잡아본다.

내 친구 '해피'를
먹는다고?

내가 6살 무렵부터 엄마는 생계를 책임지는 가장이었다. 덕분에 나와 언니는 한동안 이모 댁에 머물러야 했다. 일하는 엄마 대신 이모가 우리를 돌봐주셨기 때문이다.

이모네는 식구가 여섯이었다. 가족이 모두 함께 모여 식사를 할 때는 열 명에 가까운 사람들이 빼곡히 둘러앉았다. 당시 집안의 막내였던 나는 사촌오빠와 언니들 틈에서 사랑과 귀여움을 아낌없이 받는 동시에 모든 장난의 희생양이 되기도 했다.

어느 여름날, 온 가족이 식사를 하는 자리였다. 이모는 내 얼굴을 장난스럽게 쳐다보며 말했다.

"소영아, 네가 먹는 그거 뭔 줄 아니?"

나는 하얀 무와 고기가 잔뜩 든 국에 밥을 말아 한 숟가락을 떠먹으며 "뭔데요?"라고 되물었다.

"그거, 해피야."

해피는 우리 집에서 키우던 강아지였다.

"뭐? 지금 내가 먹는 게 해피라고?"

가족들은 나를 보며 킥킥댔다. 그러더니 모두가 한마디씩 보태며 나를 놀리기 시작했다. "진짜야, 해피 집에 가봐, 없을걸? 너 지금 해피 먹은 거야."

두려움과 충격에 일그러지는 내 얼굴을 보며 가족들은 성공했다는 표정을 지었다. 예나 지금이나 어린아이가 충격과 공포에 휩싸이는 얼굴을 보여줄 때까지 장난을 치는 것을 애정 표현이라고 생각하는 어른들이 많다.

내가 어렸을 때는 삼복더위에 개고기를 먹는 일이 흔했다. 서울에 있는 큰 시장에 가면 장터 한복판에 입을 벌리고 죽어있는 개를 쉽게 볼 수 있었고, 개고기를 사려고 시장에 가는 사람들도 많았다. 물론 1990년대 초반에도「동물보호법」은 있었지만, 동물을 보호의 대상으로 보는 인식이 부족했다. 그리고 '동물 복지' 같은 개념은 사람들이 살아가는 방식에 영향을 미칠 만큼 중요하지 않았다.

이런 일도 있었다. 우리 동네의 작은 시장에는 닭이 자유롭게 돌아다니는 정육점이 있었다. 자전거나 오토바이가 지나가도 거리낌 없이 활보하던 닭은 내가 선뜻 다가가지 못할 만큼 몸집이 컸다. 어느 날 자전거를 타고 심부름을 다녀오다가 그 앞을 지나는데 커다란 닭의 날개가 주인의 손에 붙들려있었다. 그는 둥그런 나무 도마 위에 닭을 눕히고는 칼로 목을 내리쳤다. 순식간이었다. 닭의 목이 길가에 떨어졌다. 나는 몸이 굳은 채로 그 광경을 보았다. 처음 알았다. 닭은 몸통과 목을 분리해도 움직일 수 있다는 것을 말이다. 이후로 나는 그곳을 지날 때면 빠르게 발걸음을 옮겼다. 닭고기는 맛있었지만, 닭이 고기가 되기 위해 거쳐야 하는 과정을 지켜보는 일은 너무 끔찍했다.

'해피' 이야기로 돌아가보자. 그때 내가 먹은 것은 '개'가 아닌 '소고기 뭇국'이었다. 천만다행이라고 생각했다. '해피'가 살아있어서 다행이었고, 내가 먹은 고기가 '해피'가 아니어서 다행이었다. 몇몇 분들은 '지금 설마, 개가 아니라 소라서 괜찮았다는 이야기를 하고 싶은 거냐'고 물을 수도 있다. 맞다. 분명하게도 나는, 그래서 괜찮을 수 있었다.

『우리는 왜 개는 사랑하고 돼지는 먹고 소는 신을까』의 저자이자 사회심리학 교수인 멜라니 조이는 나의 아이러니에 대해 이렇게 설명한다. 사람들은 '동물을 포함한 모든 대상에 관해 스키마(Schema)를 갖고 있다'고 말이다. 스키마란 우리의 인식과 경험, 생각 등을 구조화하는 틀을 말한다.

멜라니 조이에 따르면 "우리가 특정 동물을 어떻게 분류하느냐에 따라 '사냥할지, 도망칠지, 박멸할지, 사랑할지, 아니면 먹을지'가 결정된다". 즉, 사람들은 누구나 동물을 '먹을 수 있는 것과 먹을 수 없는 것으로 분류'하는 스키마를 갖고 있다. 그래서 '먹을 수 없다고 분류한 동물'이 도살되어 식탁 위에 '고기'의 형태로 나온 것을 접하면 그것의 살아있는 모습이 자동으로 떠오르고, 대상 동물에 대한 연민과 함께 역겨움이 일어나기도 한다. 여기에서 중요한 것은 그 동물이 '어떤 동물인가'보다는 그것에 대한 우리의 '인식'이 어떠한가이다.[6]

멜라니 조이가 사회심리학적인 접근을 통해 우리가 생각하는 '개'와 '소'의 차이를 이해했다면 마고 드멜로는 사회문화적인 관점으로 해석한다. 그는 미국과 서구 사회에서는 개가 인간의 사냥 동반자로 가축화됐기 때문에 '애완동물'의

지위를 얻었으며 일단 어떤 동물이 '애완용'으로 정의되면 '식용'으로 소비하는 것은 매우 어려워진다고 말한다. 왜냐하면 애완동물이 되는 것은 '가족'으로 여겨지는 것이고, 가족의 일원을 먹는 것은 설령 그 일원이 '동물'일지라도 상징적인 형태의 '식인' 행위라고 볼 수 있기 때문이다.

그는 또한, 특정 동물이 어떤 사회에서 식품으로 소비되는 것은 경제적이고 상징적인 의미가 있다고 말한다. 다시 말해, 해당 동물의 기능이 '먹을 수 있다'는 것보다 중요하지 않을 때 사회는 그 동물을 '먹을 수 있는 동물'로 간주한다.[7] 이런 식으로 접근해보면 보편적으로 '소, 돼지, 닭'이라는 '농장 동물'은 우리 사회에서 '먹는 용도' 외에 다른 기능이 발달되지 않았거나 혹은 발달한 기능이 먹는 용도보다 더 중요하지 않기 때문에 계속해서 '먹을 수 있는 동물'로 소비되는 것이다. 또한, '개'는 과거에 사람이 먹을 수 있는 '식용'의 기능을 하는 동물이었지만, 사회가 변화할수록 '반려동물'로서 기능할 때의 시장(market)이 더 커지고 있기에 '먹을 수 없는 동물(또는 먹으면 안 되는 동물)'이라는 상징을 공고히 해나가고 있는 것이라고 이해할 수 있다.

어릴 적 내가 '해피'를 먹고 있다는 생각만으로 충격과 공포에 휩싸였던 것은 내가 그 강아지를 '먹을 수 있는 동물'이 아니라 '친구'로 인식하고 있었기 때문이다. 반면, 이름 모를

'소'는 내 머릿속에서 특정 지을 수 없었고, 감정 이입의 대상이 될 수 없었다. 정육점 앞에서 만난 닭도 마찬가지다. 도살되는 장면을 목격했을 때는 끔찍한 기분이 들었지만, 이후 닭고기를 먹을 때는 '해피'를 먹는다고 생각했을 때만큼의 불편함과 공포는 분명 없었다. 결국 나에게도 내가(혹은 내가 속한 사회가) 그 동물에게 '어떠한 의미'를 부여하고 있는지가 중요했다.

30년 가까운 시간이 흘렀어도 여전히 나에게 '개'는 '고기'가 아닌 '가족'의 의미를 지닌 동물이다. 달라진 것이 있다면, 지금의 나는 우리 사회가 '먹을 수 있다'고 분명히 정해놓은 동물들이 살아가는 환경에도 관심을 기울인다는 것이다. 나는 나와 가까운 곳에서 살아가는 반려동물뿐 아니라, 다른 환경에서 살아가지만 그와 본질적으로 다르지 않은 동물들도 살아있는 동안만큼은 각자의 습성에 맞는 환경을 누려야 하며, 동물보호법에서 명시한 기본원칙으로부터 보호받을 수 있어야 한다고 생각한다.

법으로 금지되지는 않았으니 여전히 '개'는 밀도살을 통해 고기로 소비되고 있겠지만, 앞으로 이와 관련된 논쟁들이 어느 쪽으로 변화를 이끌어낼지는 명백하다. '동물 복지'와 '동물권' 같은 개념이 중요한 정치·사회적 의제로 자리잡았고, 성행했던 보신탕집이 사라진 거리에는 동물병원이 빼곡

히 자리하고 있으니 말이다. 역사의 흐름은 뒤로 돌아가는
법이 없다.

그들은 정말
'악마'일까?

지하철 9호선. '국회의사당역'을 거쳐 출퇴근하던 날들을 돌이켜보면 무거웠던 기억이 제일 먼저 떠오른다.

눈이 오나 비가 오나 같은 자리에 앉아 무언가를 호소하던 사람들. 지푸라기라도 잡는 심정으로 거리에 나온 사람들. 바쁘게 걷는 사람들의 손에 서툴게 쓴 글씨가 가득한 종이를 건네며 부디 힘이 되어달라고 눈물짓던 사람들.

그들은 자식을 잃은 부모, 일자리를 잃은 사람들, 권력으로부터 극심한 폭행을 당한 사람들이기도 했다.

국회 앞에 늘어선 아픔의 행렬을 지나 사무실로 들어가던 내 발걸음은 늘 무거웠다. 그들의 모습을 마주한 이후, 평소 내가 깊게 생각해보지 않았던 것들에 대해 고민하게 되었다. 예를 들어, '국민'이나 '국가' 같은 추상적인 개념들에 대해서 말이다.

물론 학교에서 제도나 사회정책 관련 논문을 읽고 국민의 권리와 정부의 역할에 대해 선후배, 동기들과 함께 이야기를 나눈 적은 많았지만, 국가 기관에 소속되어 '국민'이라는 이름으로 찾아오는 사람들을 직접 마주하는 일은 전혀 다른 차원의 일이었다. 국회의원의 보좌진 중 한 명일뿐인 나의 손을 잡고 '제발 도와달라'며 글썽이는 사람들을 만나는 일은 몇 번을 거듭해도 어렵고 편치 않은 일이었다.

동물보호단체에서 일했을 때는 업무상 이해관계가 비교적 명확했다. 동물의 권리 향상을 위해 일하는 '우리'가 있고 우리의 목표를 저해하는 '상대'가 있다. 여기에서 '우리'는 보통 '동물권 단체' 또는 동물보호에 관심을 가지고 적극적으로 실천하는 '활동가' '시민' 등을 말한다. 그리고 '상대'는 동물을 판매, 전시 등의 목적으로 이용하는 기업, 동물을 생명으로 존중하지 않는 문화, 동물보호단체가 추구하는 방향과 반대되는 목표를 위해 조직된 단체, 사회적 무관심 등 조금 더 다양한 모습으로 존재한다.

그런데 국민이 뽑은 국회의원의 의정활동을 보좌할 때는 문제가 한층 더 복잡해졌다.

나는 '동물의 권리'라는 이슈가 '민생'이라는 단어보다 상대적으로 덜 중요하게 여겨지는 현장에 있었고, '우리'와 '우리의 목표를 저해하는 그들'이라는 프레임에서 벗어나 이슈를 둘러싼 이해관계자들의 면면을 들여다봐야 할 일들이 많아졌다. 어떠한 일을 할 때 고민하고 고려해야 할 일들이 몇 배는 더 늘어난 셈이었다.

국회의원 회관에서는 거의 매일같이 입법이 필요한 사안을 주제로 하는 토론회가 열린다. 토론회에는 각계각층의 전문가와 국회의원들이 참석해 주요 이슈에 대한 견해를 밝히거나 향후 법안 발의 계획에 대해 이야기를 나눈다. 내가 보좌했던 국회의원은 동물뿐 아니라 여성, 아동 등 사회적 약자들을 위한 정책에도 관심이 많았기에, 우리 의원실과 토론회를 함께하고자 하는 시민단체의 성격 또한 다양했다.

그날은 한 동물단체와 공동주최한 토론회의 진행을 지켜보던 중이었다. 전문가들의 발제가 끝나고 자유 토론이 이어졌다. 객석에서는 사람들이 손을 들고 자신의 의견을 전달하고자 했다. 몇 번의 질의응답이 오고 가고 마무리가 될 즈음, 한 남성에게 마이크가 전달됐다. 그는 몸을 일으켜 자신을 소개했다.

"저는 ○○에서 △△농장을 운영하는 김□□이라고…."

그의 소개가 채 끝나기도 전에 사회자의 날카로운 목소리가 들렸다.

"저분 마이크 뺏어주세요."

객석은 환호하며 박수를 쳤다. 사회자는 힘을 주어 다시 말했다.

"토론회 시간도 다 됐고, 마지막 질문이니까 의미 있는 이야기를 할 분이 발언하셨으면 했는데…."

남자는 어리둥절한 표정으로 서있다가 옆으로 다가온 단체의 활동가에게 마이크를 반납했다. 그러고는 조용히 자리에 앉았다. 그렇게 토론회는 마무리되었고 참석자들은 서로를 격려하며 행사장을 떠났다.

기분이 이상했다. 어떤 한 사람이 다수 앞에서 공개적으로 모욕을 당했는데 사람들은 놀라울 만큼 아무렇지 않아 보였다. 토론회가 끝나고 나서 알게 된 사실이지만 이는 사회자의 오해에서 비롯된 일이었다. 식용견 산업의 종식을 위한 입법 과제를 논의하기 위해 마련된 자리에서 사회자는 '개 농장'을 운영하는 사람이 마이크를 쥐었다고 생각한 것이다. 그런데 발언의 기회를 얻었던 사람은 동물 복지 '닭 농장'을 운영하는 사람이었다.

국회에서 일하면서 동물보호단체의 활동가뿐 아니라 동물 관련 산업 종사자들을 만날 기회도 종종 있었다. 물론 그중에는 개 농장을 운영하는 사람들도 있었다. 동물보호단체의 입장에서 그들은 최대한 '목을 졸라야 하는 상대'였지만 국회의원실에서는 그들도 한 사람의 '국민'이었다. 토론회를 기획하거나 법안을 하나 발의할 때도 그들의 삶을 완전히 배제할 수는 없었다.

언젠가 '개 농장'을 운영하는 사람들과 면담을 한 적이 있다. 개인적으로는 '개'라는 동물을 고기로 보고 키우는 사람들이나 군이 개고기를 찾아 먹는 사람들을 마주하기 불편하지만, 공적인 영역에서는 그들도 한 사람의 국민으로서 차별 없이 목소리를 낼 수 있어야 한다고 생각한다. 설령 누군가의 의견이 시대의 가치와 부합하지 않더라도 그의 존재를 무시하거나 소거하는 것으로 문제를 해결해서는 안 된다.

손자와 함께 살고 있다는 한 사람은 평생 '개 잡는 일'을 하며 살아왔다고 했다. 배운 것 없이 나이가 들었고, 이제 와 다른 일을 할 수도 없는데 동물보호단체의 힘은 점점 더 커지고 있다며 분노했다.

개 농장을 운영하는 사람들이 거리에 나와 시위를 하는 이유는 오직 생존권 때문이라고 했다. 개고기가 성행했던 시절에 떼돈을 벌어 부자가 된 사람들도 물론 있겠지만 내가 마주했던 이들은 대부분 이런 사람들이었다. 선택지가 많지 않은 사람들. 누군가는 쉬운 말로 '이제 세상이 변했으니 다른 일을 찾아보라'고 권할 수 있겠지만 나이가 들수록 하기 어려워지는 일은 분명 존재한다. 시대의 변화와 흐름에 편승할 수 있는 기회 또한 그가 가진 자원에 비례할 가능성이 높기 때문이다.

이야기를 나누는 내내 나에게도 줄곧 적대심을 드러내던 그가 면담이 마무리될 즈음, 망설이듯 이런 말을 꺼냈다.

"그때 그 사람이 내 얼굴에 대고 뭐라고 한 줄 알아요? 대대손손 개 백정으로 살라고 했어요. 우리 손자가 인터넷에서 그런 걸 보면 어떻게 생각하겠어요?"

몇 해 전 시위 현장에서 동물보호단체 활동가들과 마주했을 때 들은 말이라고 했다. 그의 말이 사실인지 아닌지는 확인할 길이 없었고, 설령 사실이라 하더라도 그에게 건넬 수 있는 적절한 말이 없었지만 안타까운 마음이 들었다.

'동물보호운동'이 가진 힘은 인간만이 아닌 비인간 동물에게도 닿을 수 있는 '공감 능력'에 있다고 생각한다. 생명 존중의 원칙을 지키며 도덕적 범위를 넓혀야 하는 이유는 결국 우리가 '조금 더 나은 인간'이 되기 위해서일 것이다.

나는 '동물의 권리'를 보호하고 지킨다는 이유로 타인을 조롱하고 비하하는 모습을 목격할 때마다 불편하다. 굳이 어떤 사람들을 뿔 달린 악마로 묘사하거나 가치 없는 존재로 격하하지 않아도 이루어낼 수 있는 일이 있다면 당연히 그렇게 해야 하지 않을까? 옆에 있는 사람이 느끼는 부끄러움과 수치심도 읽어내지 못하는 사람들이 동물들의 마음은 어찌 그리도 깊이 헤아릴 수 있는 것일까.

문학평론가 신형철은 저서 『슬픔을 공부하는 슬픔』에 이렇게 썼다. "비판은 언제나 가능하다. 풍자는 특정한 때 가능하다. 그러나 조롱은 언제나 불가능하다. 타인을 조롱하면서 느끼는 쾌감은 인간이 누릴 수 있는 가장 저급한 쾌감이며 거기에 굴복하는 것은 내 안에 있는 가장 저열한 존재와의 싸움에서 패배하는 일이다. 이 세상에 해도 되는 조롱은 없다."[8]

자신이 '도덕적'인 행동을 했다고 생각하는 사람일수록 죄책감 없이 비도덕적인 행동을 하는 경향이 있다고 한다. 이를 심리학에서는 도덕적 허가 효과(moral licensing effect)라고 말한다. 부디 동물을 위한 하나의 도덕적 행위가 또 다른 비도덕적 행위를 허용하는 일이 되지 않기를 바란다. 상처 없이 변화를 이뤄내는 것이 쉽지는 않겠지만, 타인에 대한 폄하와 조롱 없이도 우리는 앞으로 나아갈 수 있다.

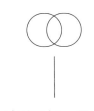

당신과 사는 동물은
행복할까요?

더운 비가 내리던 어느 여름날. 나는 두 명의 애니멀 호더
(Animal Hoarder, 개인이 감당할 수 없는 수의 동물을 무리하게 키우며 열악한 환경에 방치하는 사람)를 만나러 갔다. 시청에 민원이 접수됐기 때문이다. 첫 번째로 가야 할 곳은 고령의 부모와 아들이 함께 사는 곳이었다. 민원인에 따르면 12평 작은 아파트에 35여 마리의 '고양이'가 살고 있다고 했다. 이야기만 들어서는 고양이가 사는 집에 사람이 얹혀사는 건지 사람이 사는 집에 고양이가 들어온 건지 확실하지 않았지만, 성인 3명과 고양이 35마리가 비좁은 공간을 공유하고 있는 것은 분명했다.

두 번째 방문지는 일흔이 넘은 여성의 집이었다. 그는 빛이

들어오지 않는 지하실에서 40여 마리의 '개'와 생활하고 있었다. 민원인에 따르면 할머니는 당신의 생이 다하는 순간까지 단 한 마리의 개도 포기하지 않겠다며 고집을 부리고 있었다. 민원인은 할머니의 남편이었다.

주민센터의 공무원들과 아파트 관리소장을 만나 '고양이 집'으로 향했다. 소장은 고양이가 사는 집을 중심으로 윗집, 아랫집, 옆집에서 민원이 자주 들어온다며 혀를 찼다.

"예전에는 그 사람들이 고양이 똥을 그냥 여기에다 부어버렸단 말이에요. 제발 봉투에 싸서 버리라고 잔소리를 했더니, 이제는 안 해요. 어디다 버리는지는 모르겠는데, 적어도 화단에는 안 버려요."

그가 한때 '고양이 응가 밭'이었던 화단을 가리키며 말했다. 소장의 성토가 끝나갈 무렵 목적지에 도착했다. 아파트 입구에서부터 코를 찌르는 고약한 냄새가 진동했다.

"계세요?"

소장이 문을 두드렸다. 안에서 기척이 들렸다.

"누구세요?"

"관리사무실에서 왔어요. 문 좀 열어주세요."

순간, 집 안에 있던 남자는 말을 멈췄다. 쿵쿵쿵쿵. 소장이 계속해서 문을 두드리며 말을 걸었지만 아무도 대답하지 않았다. 그렇게 10분이 흘렀다.

"어떡하죠?"

소장이 곤란한 얼굴로 내게 물었다.

"어쩔 수 없죠."

「동물보호법」은 반려동물에 대한 사육·관리 의무를 위반하여 상해를 입히거나 질병을 유발하는 행위를 '동물 학대'로 규정하고 피학대 동물을 긴급 구호할 수 있는 내용을 포함하고 있다. 그렇지만 애초에 동물이 물건이자 개인의 재산으로 규정되어있는 법체계에서 명확한 증거 없이 타인의 주거 공간 안에 있는 동물을 어찌할 수는 없는 일이었다. 열리지 않는 문 앞에서 나는 고양이들의 그림자조차 확인할 수 없었다.

두 번째 집을 방문하는 일은 훨씬 수월했다. 민원인이 가족이었기 때문이다. 할아버지는 손에 든 부채를 흔들며 나를 반겼다.

"아휴, 선생님. 내가 설득을 좀 해봤는데, 시 보호소에는 절대 안 보내겠대요. 거기 보내면 안락사한다고."

멀찌감치 떨어져 있던 할머니는 할아버지의 성화에 몹시 피곤한 얼굴이었다. 나는 할머니의 안내를 따라 지하실로 내려갔다. 낯선 사람을 경계하는 수십 마리의 개들이 동시에 짖었다. 머리가 아플 정도였다.

"불 좀 켜주시겠어요?"

나의 요청에 할머니는 어디선가 랜턴을 가지고 왔다. 할머니의 손에 들린 작은 빛이 어두운 방 안을 비추었다. 쓰레기장이었다. 태어난 지 한 달 정도 되어 보이는 강아지들부터 수십 마리의 성견들이 낯선 사람의 방문에 흥분한 모습으로 쓰레기장을 뛰어다녔다. 암수를 분리하기 위해 녹슨 펜스도 가져다놓았지만 의미가 없었다. 방 안 어디를 둘러보아도 처참했다.

서둘러 사진을 찍고 해가 비추는 곳으로 나왔다. 바싹 마른 오줌 냄새가 진동하는 곳에서 5분도 서있기 어려웠지만, 할머니는 그곳에서 개들과 함께 주무신다고 했다.

"안락사는 절대 안 되니까, 좋은 곳으로 알아봐 줘요."

곰팡이와 오물로 뒤덮여 쓰레기장이 되어버린 곳에 갇혀있는 동물들이 정말 살아있는 건지 모르겠지만, 어쨌든 할머니는 안락사를 가장 두려워하고 있었다.

미국 매사추세츠 애니멀 호딩 연구 컨소시엄(The Hoarding of Animals Research Consortium, HARC)이 발간한 보고서에 따르면, 애니멀 호더의 가장 큰 특징 중 하나는 스스로에게 동물 구조에 대한 사명감을 부여한다는 것이다. 또한 그들은 자신이 제공하는 돌봄과 치료가 충분하지 못하다는 사실을 인식하지 못하며, 동물의 죽음에 대해 극심한 두려움을 보여 안락사에 반대한다.[9] 개똥밭에 굴러도 이승이 낫다고는 하지만 실제로 개똥이 널린 곳에서 갇혀 살아야 하는 것은 큰 문제다.

내가 사는 세상의 언어를 사용하지 못하고, 내가 사는 세상의 규칙을 온전히 배우지 못하는 생명체를 온전히 나의 의지로 집에 데려왔다는 것은 무슨 뜻일까. 아마도 한없이 양보하고, 배우며, 또 노력해야 하는 것은 언제나 내 쪽이어야 한다는 것을 의미할 것이다. 함께 생활하는 과정에서 문제가 생겼을 때 외면하거나 방치하지 않고 적극적으로 해결해야 할 책임과 의무가 오직 나에게 있다는 것이다.

그러나 이러한 다짐과 각오를 굳건히 하다가도 간혹 어쩔 수 없는 귀찮음을 느낄 때가 있다. 시혜적인 입장에서 동물에게 무언가를 '베풀고 있다'고 여기는 순간도 더러 있다. 우리 개들은 애초에 나와 살고 싶다는 의사를 밝히지 않았고 밝힐 수도 없는 존재들인데, 내 선택에 따르는 당연한 수고스러움에 대해 생색을 내게 되는 것이다. 그래서인지 예전에는 나의 개들이 크고 작은 문제를 일으킬 때 주로 이렇게 자문을 했다.

'개는 도대체 어떤 존재일까?'

하지만 개라는 동물이 어떤 존재인지만을 계속 물어서는 답을 찾을 수 없었다. 질문을 달리해야 했다.

'나는, 이 개들에게 무엇일까?'

나의 반려동물에게 나는 밥을 주는 사람이고, 산책을 시켜주는 사람이고, 간식을 주는 사람이고, 아주 만만한 사람이다. 또한, 무방비 상태로 잠이 들어도 지켜주는 사람이고, 무서운 소리가 들리면 재빨리 엉덩이를 붙일 수 있는 사람이기도 하다. 그리고 재미있는 경험을 할 수 있게 도와주는 사람이고, 아플 때 병원에 데려가는 사람이며, 추운 날에는 따뜻한 곳에서 더운 날에는 시원한 곳에서 쉴 수 있도록 자리를 살펴주는 사람이다.

나는 생명을 책임지는 보호자의 '최소한의 역할'을 그렇게 생각하고 있다. 그리고 그렇게 생각하면 한 가지 사실이 명확해진다. 내가 데려온 동물은, 나를 행복하게 만들기 위해 노력할 필요가 없지만 나는 그들이 행복하게 살다가 평온하게 생을 마무리할 수 있도록 부지런히 노력해야 한다는 사실 말이다. 그리고 그 정도의 마음이 생기지 않는다면 어떠한 생명이든 집에 들이지도, 키우지도 말아야 한다. 세상에 존재하는 많은 비극은 보호자가 되지 말아야 할 사람들이 누군가를 보호하겠다고 자처하거나, 책임과 의무에 대한 깊은 고민 없이 무작정 다른 생명을 끌어안는 것으로부터 발생하기 때문이다.

정신 건강 의학 전문가들은 '애니멀 호더'를 저장 강박증의 하나인 정신과적 질환을 앓고 있는 사람들이라고 진단한다. 그러나 그들은 폐지나 옷, 잡동사니 등을 집 안에 쌓아놓는 사람과 달리 살아있는 생명을 '구해준다'라는 명분으로 고통받게 만든다는 점에서 그 해악이 더 심각하다. 상상하는 것보다 많은 애니멀 호더들이 우리 사회 곳곳에 방치되어있다. 그리고 아무 곳에나 무참히 버려지는 동물이 있는 한 그들은 사라지지 않을 것이다.

시스템의 미비로 고통받는 것은 언제나 가장 약한 자리에 있는 존재들이다. 그렇기에 '유기동물'에 대한 사회적 관심의 방향을 바꾸고 크기를 조금 더 키울 필요가 있다. 애니멀 호더 이슈는 사회가 방치하고 있는 '사람들의 문제'도 함께 살펴야 하는 일이다. 그리고 이건 소수 동물보호단체의 힘만을 동력으로 삼기에는 분명 한계가 있다.

동물을
좋아하세요?

지자체에서 동물보호 업무를 맡고 얼마 되지 않았을 때의 일이다. 길고양이를 돌보는 한 시민이 전화를 걸어왔다.

"그 사람만 밥을 못 주게 한다니까요? 이거 동물 학대 아니에요? 밥을 안 주면 고양이들이 다 죽는다고요."

그는 아파트 단지 내에서 길고양이들의 밥을 챙겨준다고 했다. 그런데 이웃집 베란다 밑에서 고양이 밥을 주는 게 문제의 발단이었다. 왜 이웃집 베란다 밑에서 밥을 주는 거냐고 물었더니, 그곳이 사람들 눈에 잘 띄지 않고 고양이들이 편하게 밥을 먹을 수 있는 곳이라는 설명을 덧붙였다. 내가 그에게 되물었다.

"혹시 이웃분께 양해를 구하신 적은 있나요?"

나의 질문에 그는 고양이들에게 밥을 주는 것이 불법은 아니지 않느냐며 화를 내는 것으로 대답을 대신했다.

길고양이에게 밥을 주는 행위 자체는 법의 영역에서 정해놓은 바가 없기에 불법도 합법도 아니지만, 대부분의 지자체에서는 고양이 개체 수를 효과적으로 관리하기 위해 중성화 사업과 길고양이 급식소 사업을 시행하는 것으로 방향을 설정해놓았다. 그래서인지 시청에서 제작한 급식소가 곳곳에서 운영되는 것을 보고 길고양이에게 밥을 주는 것은 '합법'으로, 밥을 못 주게 하는 것은 '불법'으로 인식하는 사람들이 많다.

"싫어한다는 이유로 동물을 해코지하는 것은 당연히 '동물 학대'지만 본인의 집 앞에서 밥을 못 주게 하는 것만으로 '동물 학대'를 했다고 보기는 어렵습니다."

정해진 법과 규정에 대해 설명하며 가급적 다른 이웃에게 피해가 되지 않도록 밥자리를 이동해줄 것을 당부하자, 그는 만족스럽지 않다는 듯 이렇게 물었다.

"근데 거기는 동물을 좋아하는 분들이 일하는 곳 아니에요?"

나의 말투 어딘가에서 동물을 별로 좋아하지 않는 사람이라는 느낌을 받은 모양이었다.

'선생님, 저도 동물 좋아하거든요? 집에 개가 두 마리나 있거든요?'

아주 잠깐, 입가에 맴도는 바보 같은 말을 던져볼까 했지만, 굳이 덧붙이지 않았다. 나는 언제나 '잘해야 본전'인 일을 하고 있다고 생각하기 때문이다.

2015년 여름. 광화문 광장에 나가 처음으로 피켓을 손에 들었다. 당시 소속되어있던 동물보호단체에서 기획한 거리 캠페인에서였다. 신입 활동가들은 동물보호와 관련한 팸플릿을 시민들에게 나누어주었고, 선임 활동가는 마이크를 손에 쥐고 우리의 활동에 동참해줄 것을 호소했다. 또 다른 활동가들은 취재를 나온 기자들 앞에서 준비한 퍼포먼스를 보여주거나 시민들에게 서명을 받기도 했다. 캠페인 활동이 한창 무르익을 무렵, 한 시민이 나와 동료들을 향해 물었다.

"당신들이 동물을 좋아하는 건 알겠는데, 왜 다른 사람들한테 그걸 강요하는 겁니까?"

순간 분위기가 냉랭해졌다. 상대 팀 선수가 하프라인에서

찬 공이 손쓸 새도 없이 골대로 직진한 것 같았다. 나를 포함해 현장에 있던 신입 활동가들은 단체를 대표하는 메시지를 전달할 수 있는 위치가 아니었기에 난감한 표정으로 선임 활동가만 바라보고 있었다. 선임 활동가는 침착하게 캠페인과 관련한 단체의 입장을 설명했지만, 질문을 던진 시민은 대답 같은 건 들을 생각이 없었다는 듯 쌩하니 자리를 떠났다.

동물보호단체에서 일하며 참여했던 많은 캠페인 중 유독 이날의 에피소드가 선명하게 기억에 남아있는 것은, 이름 모를 시민이 길에 내던지듯 버리고 간 질문이 이후로도 오랫동안 나와 함께했기 때문이다.

사회운동(social movement)의 정의는 학자들마다 조금씩 다르지만 "기존 규범이나 가치, 제도, 체제 등을 변화시킬 것을 목적으로 다수의 개인이 조직적으로 행하는 집합행동"이라고 보편적으로 정의할 수 있다.[10] 쉽게 말해, 우리 사회에서 불합리하거나 타당하지 않다고 생각하는 법과 제도 그리고 문화를 변화시키기 위해 같은 생각을 공유하는 사람들이 함께 모여 목소리를 내고 시민사회의 일원으로서의 권리를 행사하는 것이다. 이런 의미에서 보면 동물권 운동(animal rights movement)은 '인간이 동물을 잔인하게 이용하고 무분별하게 착취하는 현실에 문제의식을 느끼는 사람들이 동물의 권익을 대변하고, 동물들이 더 나은 환경에서 살아갈 수 있도록 집합적으로 목소리를 내는 행위'라고 할 수 있다. 문제는 우리 사회에서 동물 관련 이슈는 사람들의 실생활에 큰 영향을 끼치지 않는다고 여겨지는 것들이 대부분이라는 것이다. 그리고 '동물을 위한 행동'은 도덕적으로 옳거나 사회 전반에 걸쳐 필요한 정책으로 나아가야 할 일이 아닌 오직 동물 애호가들의 감정에 기반한 문제로 더 쉽게 이해되고 있다.

예를 들면, 광화문 광장에서 캠페인을 하는 활동가들에게 질문을 던진 한 시민의 경우가 그렇다. 동물을 학대하지 말자고 주장하는 목소리는 많은 이들에게 동물을 불쌍히 여기며, 좋아하는 사람들만이 낼 수 있는 목소리로 받아들여진다. 플라스틱 사용을 줄이자고 외치는 환경보호 활동가들에게 '당신만 지구를 소중히 아끼면 됐지, 왜 그걸 다른 사람들에게까지 강요하냐?'라고 묻는 사람은 없는데 말이다.

이러한 이유로 언젠가부터 나는 동물을 위한 나의 작은 실천과 행동들을 '동물을 좋아하기 때문'이라는 대답에서 가능한 한 멀리 떨어뜨려 놓기 위해 노력하고 있다. 인간과 비인간 동물의 공존을 위해 노력하는 것이 왜 옳은지에 대해 정확한 대답을 할 수 있으려면, 동물을 위해 필요한 사회변화가 동물에 대한 '연민'에서 비롯한 감정의 영역에서 이야기되는 것을 가능한 한 배제해야 한다고 생각한다.

나는 하루에도 몇 번씩 분노가 가득한 민원인들의 이야기를 듣는다. 동물을 좋아하는 사람들은 「동물보호법」의 유명무실함과 정부의 부족한 지원에 대해 화를 내고, 동물을 싫어하는 사람들은 자신의 권리, 동물보호 정책의 부당함에 대한 불만 사항을 전달하기 위해 나를 찾는다. 그들의 이야기를 듣다 보면 한 사람의 실무자로서 하염없이 무력해지기도 하지만, 언제나 이것만은 단호하게 말할 수 있다. 우리 사회의 법과 제도에 대한 일말의 관심도 없이, 시민사회의 일원으로서 자신의 역할에 대한 충분한 고민도 없이 누군가에게 분노를 쏟아내는 것만으로는 '아무것도 변하지 않는다'는 사실 말이다.

내가 느끼는 불편함과 불합리함이 단순히 개인적인 문제에서 그치는 것이 아니라 사회 문제로 받아들여지고 하나의 정책이 되어 안착할 수 있으려면, 시민들 개개인이 조금 더 움직여야 한다. 모두가 사회운동을 하는 활동가가 될 필요는 없지만, 적어도 법을 만들어야 할 국회의원들은 제대로 일을 하고 있는지, 자신의 요구를 대신하여 정책을 만들어주는 이들이 누구인지, 나는 어디에 힘을 실어주고, 어디에 비판의 목소리를 내야 하는지에는 관심이 있어야 한다. 그래야 변한다.

좋아하는 것을 그저 좋아하는 일은 쉽다. 좋아하는 것을 지켜내는 일이 어렵다. 어떠한 것을 좋아만 하는 일에는 별다른 노력이 필요하지 않지만, 좋아하는 무언가를 지키기 위해서는 가장 효과적이고 정확한 방법을 고민하고 행동하는 노력이 늘 뒤따라야 하기 때문이다.

좋아하기 때문이 아니라 그것이 '옳기 때문에' 변화를 요구하는 사람들이 많아지기를 바라본다.

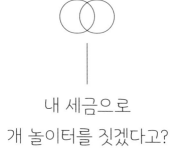

내 세금으로
개 놀이터를 짓겠다고?

'내가 낸 세금'이라는 말은 강력하다. 의무를 다한 자가 권리를 행사할 때 사용하는 말이기 때문이다. 국가가 국민을 보호해야 할 의무가 있다면 국민에게는 성실히 세금을 납부할 의무가 있다. 정부와 정치인들은 국민의 세금으로 나라의 살림을 계획하고, 다양한 사회적 가치를 실현하기 위해 일한다. 그렇기 때문에 많은 사람들이 무능한 정치인을 욕하거나 정부 정책을 비판할 때, 가장 먼저 이 말을 내뱉는다. '세금이 아깝다.'

동물보호 업무를 하며 '길고양이 급식소'나 '반려견 놀이터' 같은 눈에 잘 드러나는 시설물들을 설치할 때면, 본인이 낸 세금이 아깝다고 토로하는 사람들이 많았다. 차라리 그 돈으로 '어려운 사람'을 도우라는 말을 덧붙이면서 말이다. 그들 중 실제로 어려운 사람을 돕고 있는 이들이 몇 명이나 될지 모를 일이지만 '왜 개를 위한 놀이터를 만들어대는지 모르겠다'고 화를 내는 민원인들을 마주하고 있으면 '반려견 놀이터'를 연구하겠다고 뛰어다니던 때가 떠오른다.

대학원에 있는 동안 나는 유난히 현장을 좋아했다. 책상 앞에 앉아 엉덩이로 공부하는 일도 제법 적성에 맞았지만, 연구 대상 속으로 들어가 사람들과 이야기를 나누고 나의 눈과 귀로 포착한 자료를 수집해 사회학적 맥락에서 읽어내는 작업이 훨씬 더 재미있었다. 조사방법론에서는 이를 '현장연구' 또는 '참여관찰'이라고 한다. '연구자가 연구 대상자와 지속적인 관계를 맺고, 그 과정을 통해 자료를 얻는 조사방법'이라 정의할 수 있다.[11] 내가 동물보호단체에서 활동가로 일하며 연구했던 경우가 이에 해당한다. 나는 동물보호단체에서 일하면서 동물보호운동을 하는 '참여자'이자 '참여관찰자'였다.

석사 과정 3학기 때는 동물보호단체의 일과 학업을 병행했다. 단체에서 양해해준 덕분에 수업이 있는 날에 반차를 사용할 수 있었다. 세미나가 끝나면 김밥이나 샌드위치를 손에 들고 바로 회사로 복귀해야 하는 강행군이 이어졌지만, 돌이켜보면 그 어느 때보다 의욕이 넘친 시기였다. 그해 봄,

나는 '반려견 놀이터'라는 새로운 공간을 연구해보고 싶어서 '도시사회학'이라는 세미나를 수강했다. 그리고 때마침 단체의 일원으로 서울시의 세 번째 반려견 놀이터 개장식에 참여할 수 있는 기회가 생겼다.

우리나라는 현행법상 반려견과 공원 출입을 할 수 있지만, 공원 이용객 중에는 공공시설 안에 동물을 위한 시설이 생기는 것에 반감을 품는 사람들도 있다. 이러한 사실은 반려동물 양육 인구가 1500만이 된 요즘도 '반려견 놀이터' 설치가 지역 주민들의 반발로 무산되거나 난항을 겪고 있는 것을 보면 확실해진다.[12] 길고양이 급식소는 말할 것도 없다.

「도시공원 및 녹지 등에 관한 법률」 제2조에 따르면 도시공원이란, "도시지역에서 도시 자연경관을 보호하고 시민의 건강·휴양 및 정서 생활을 향상시키는 데에 이바지하기 위하여 설치 또는 지정된 곳"을 말한다. 도시녹지는 시민들의 삶의 질과도 밀접한 관련이 있는데, 도시공원의 긍정적 영향을 논의하는 연구들은 '공원 유원지, 숲 등을 이용하는 것으로 시민들의 신체적·정신적 건강이 향상될 뿐 아니라 도시의 열섬현상 완화 등 환경적 이익도 뒤따른다'고 말한다. 문제는 이러한 도시공원이 누구에게나 공평하게 제공되지 않는다는 것이다. 논문 「서울지역 녹지서비스의 환경형평성 분석」은 도시공원의 분배는 단순히 '도시 환경이나 접근성 문제'가 아닌 주거환경의 불평등, 나아가 경제 사회적 불평등과도 연결되어있다고 말하며 도시공원의 사회 계층 간 공급의 격차가 존재한다는 점을 분명히 한다.[13]

반려견 놀이터 개장식에는 당시 서울 시장과 동물보호단체, 그리고 '개'를 동반한 시민들이 함께했다. 행사는 순조롭게 이어졌다. 시장이 시민들과 함께 반려견 놀이터를 둘러보았고, 반려견 놀이터의 의미를 되새기며 기대감을 피력했다. 그 순간 놀이터 펜스 바깥에서 고성이 들렸다.

"아주 개판이네, 개판이야."

누군가는 지나가는 길에 한마디를 툭 던지기도 했고 또 누군가는 펜스 앞에 서서 들으라는 듯 소리를 쳤다. '돈 지랄' 하고 있다며 거칠게 표현하는 사람도 있었고, '조용히 쉴 수 있는 공간을 개에게 빼앗겼다'며 불만을 꺼내놓는 사람도 있었다. 『선량한 차별주의자』의 저자 김지혜는 "평등을 총량이 정해진 권리에 대한 경쟁이라고 여긴다면, 누군가의 평등이 나의 불평등인 것처럼 느끼게 된다"고 말한다.[14] '동물'이 마음껏 뛰어놀 수 있는 공간을 만드는 것은 비(非)반려인들을 향한 피해를 줄이고 공원을 쾌적하게 유지하기 위함이다. 하지만 어떤 이들에게 '동물을 위한 공간'이 생긴다는 것은 '자신이 누릴 수 있는 공원의 기능'이 축소되는 것처럼 여겨지는 것이다.

개장식이 끝나고 몇 주 뒤 나는 다시 그 공원을 방문했다. 이번에는 동물보호단체의 활동가가 아닌 '반려견 놀이터'를 연구하는 사회학과 대학원생의 신분이었다. 나는 공원 이용객들을 만나 인터뷰를 요청했다. 내가 던진 연구 질문은 두 가지였다. 첫째, 공원 이용객들은 '반려견 놀이터'라는 공간이 어떠한 역할을 하고 있다고 생각하는가? 둘째, '반려견 놀이터'는 '사람'과 '개'가 공원에 동반 입장하는 것 때문에 일어나는 '갈등'을 해소하는 공간인가?

'반려견 놀이터'를 긍정적으로 평가하는 이용객들은, '개'는 산책이 필요한 동물이기 때문에 타인에게 피해를 주지 않고 뛰어놀 수 있는 공간이 필요하다고 입을 모았다. 또한 '반려견 놀이터'는 사람과 동물의 공존은 물론이고, 공원을 찾은 아이들이 동물을 존중하고 사랑하는 마음을 갖도록 영향을 끼칠 것이라는 의견도 있었다. 반면, 반려견을 데려온 사람들을 위한 공간만 늘어난 셈이라는 입장도 있었다. 공원 내부에 '반려견 놀이터'가 있어도 견주들은 공원 내의 다른 공간 또한 자유롭게 이용할 수 있으니 말이다. 개를 동반한 사람들이 공원 전체를 이용할 수 있는 한, '반려견 놀이터'를 만드는 것은 그들에게만 좋은 일이라는 것이다. 전자의 경우 '동물과의 공존, 소통, 교류' 같은 단어를, 후자의 경우 '피해, 지저분, 무서움, 위생' 같은 단어를 자주 사용했다.

개는 종의 특성상 산책을 자주 시켜주지 않으면 스트레스 때문에 여러 문제 행동이 발생할 수 있다. 또한 개를 포기하는 가장 큰 원인 중 하나로 '반려견의 문제 행동'을 꼽고 있는 사실을 생각해본다면, 반려동물과 사람이 건강하게 공존할 수 있는 공공시설이 더 많이 필요하다는 것은 분명하다. 개 소음으로 발생하는 불편사항을 줄이기 위해서라도 개들이 뛰어놀 수 있는 장소를 충분히 만들어야 한다.

그러나 이를 위해서는 도시공원 조성이 형평성 있게 이루어지는 것이 우선일 것이다. 뿐만 아니라, 공원 내에서 일반 이용객들이 이용할 수 있는 서비스를 고려해야 하고 반려견을 동반한 이들에게 엄격한 펫티켓 의식을 심어주는 일도 함께 이루어져야 한다. 그리고 '반려견 놀이터'를 지속적으로 모니터링해서 문제를 점검하고, 도시공원의 다양성에 기여할 수 있는 공간으로 발전할 수 있도록 지자체와 시민들의 세심한 관리가 필요하다.

정부가 국민을 위해 일하고 국민이 자신의 권리를 행사하는 것은 당연한 일이다. 하지만 그것이 오직 '세금'을 내고 얻은 권리 때문이라고 생각하는 것은 위험하다. 사회 정책은 헌법이 수호하는 가치 위에서, 변화하는 시대적 흐름에 따라

공익을 실현하는 방향으로 나아가야 하기 때문이다. 그러니, 반려견 놀이터를 짓고 말고의 문제를 결정짓는 기준이 누군가의 세금이 되어서는 안 된다.

밖에서 키우는 개는
개가 아닌가요?

나는 어렸을 때부터 '개'라는 동물과 친숙했다. 시골에서 농장을 하셨던 외삼촌댁에는 늘 몇 마리의 대형견이 있었는데, 작은 몸집의 어린아이가 다가가도 사납게 달려들거나 해코지하는 일 없이 사람을 좋아했다. 그땐 '반려동물'이라는 용어도 생소한 시절이었다. 가족들이 먹다 남긴 밥과 국을 주고, 목줄에 묶인 채로 사람들에게 꼬리를 흔드는 개들에게 '누렁이, 백구, 흑구' 따위의 이름을 돌려가며 사용해도 이상할 게 없었다. 외삼촌댁에 내려가는 일은 나의 방학을 한층 더 즐겁게 했다. 아침저녁으로 원도 한도 없이 동물들과 놀 수 있었기 때문이다.

엄마한테 받은 천 원짜리 몇 장으로 내가 좋아하는 과자를 사서는 말을 잘 듣는 개들에게 나누어주었다.

"쉿! 안 돼, 얌전히 있으면 줄 거야! 앉아. 기다려."

어린아이의 몸집만큼 커다란 개들이 내 손에 있는 과자에 시선을 고정하고 연신 꼬리를 흔들었다. '반려동물'이라는 말이 쓰이지 않았던 시절엔 '반려견용 간식'이랄 것도 없었다. 요즘에는 반려동물에게 잔반이나 사람이 먹는 과자를 주면 '동물 학대'라고 비난을 받거나 최소한 '개를 키울 자격이 없는 사람'이라는 소리를 듣지만, 그때는 우리 모두가 잘 몰랐다.

개들이 평소에 먹지 못하는 별미를 챙겨주는 일은 어린 내가 할 수 있는 최선의 애정 표현이었다. 어렸을 때부터 제 몸집만 한 동물과 함께 놀았던 경험 때문인지 나는 성인이 될 때까지 '개를 무서워하는 사람'이 있다는 걸 이해하지 못했다. 동물보호단체에서 일하던 어느 날, 커다란 개가 다가오는 바람에 생명의 위협을 느꼈다는 내용의 민원을 받았다. 그런데 알고 보니 그 동물의 정체는 '아기 래브라도 리트리버'였다. 그 사실에 충격을 받은 기억은 여전히 선명하다. 시간이 흘러 이제는 동물의 크기나 종에 상관없이 불편함이나 공포를 느끼는 사람들이 있다는 사실이 내게도 자연스러운 상식이 되었다. 동물에 대한 감정은 사람마다 다를 수 있고 누구도 동물에 대해 호감을 가지라고 타인에게 강요할 수는 없다.

그러나 개인의 호불호를 떠나 '개'라는 동물의 속성이 존중받아야 한다는 사실은 분명하다. 덩치가 크든 작든 생김새가 어떻든 품종이 어떻든 길에서 살든 집 안에서 살든 '개'는 '개'다. 다른 동물들보다 유난히 사람을 좋아하고 따르는 동물. 자신을 때리고 학대한 보호자에게도 꼬리를 흔드는 동물 말이다.

그래서인지 나는 '마당개'와 관련한 민원을 확인하기 위해 현장에 나가는 발걸음이 늘 무겁다. '마당개'는 말 그대로 집 안이 아닌 바깥(마당)에서 키우는 개를 말하는데, 대부분의 마당개들은 1m도 되지 않는 짧은 목줄을 하고 정돈되지 않은 환경에서 산다. 마당개들이 사는 집 주변에는 대개 배설물이 널려있고 물그릇과 밥그릇도 청결하지 않다. 물론 밖에서 키우며 안에서 생활하는 반려동물 못지않게 좋은 환경을 제공하는 견주들도 있다. 그렇지만 나는 그들이 운이 좋아야 만날 수 있는 쌍무지개 같은 존재가 아니기를 바라고 있다.

시청에 접수되는 '마당개' 관련 민원은 주로 이런 내용이다.

"지나가다가 학대당하는 동물을 봤어요!"

시민들은 외부에서 생활하는 개가 '동물 학대'를 당하고 있다며 주변 환경을 휴대폰으로 찍어 증거로 제출한다. 지저분한 환경에 방치되어있으며 깨끗한 물과 밥을 먹지 못한다. 온종일 답답한 목줄에 묶여있어 불편해 보이고, 더운(혹은 추운) 곳에서 제대로 된 보호와 관리를 받지 못하고 있으니 동물 학대가 틀림없다는 말이다. 개인적으로는 그들의 주장에 이견이 없지만, '마당개' 관련 민원을 받는 순간부터 현장에 나갔다가 돌아오는 순간까지 나는 언제나 무력감을 느낀다. 현장에서 공무원이 할 수 있는 일이 거의 없기 때문이다.

그날도 마찬가지였다. 민원이 들어온 곳은 24시간 운영하는 음식점이었다. 백구 한 마리를 '방범용'으로 키우고 있다던 견주는 나와 동료들에게 격양된 목소리로 말했다.

"세상 별일을 다 봐. 아니, 내 개를 저기서 키우는데 왜 다른 사람들이 난리들이야? 추우니까 이불을 깔아줘? 집을 치워줘? 밖에서 키우는 개한테 뭘 해주라는 거야?"

담당자가 마음을 굳게 먹고 열심히 일하면 모든 문제가 해결될 거라고 생각하는 민원인들이 많지만, 공무원은 법적 근거와 지침 없이는 일할 수 없다. 현장에 나갔을 때 「동물보호법」 제8조에서 말하는 '동물 학대' 규정에 합당한 증거들을 찾는 건 언제나 쉽지 않고, 나는 어떻게든 내가 할 수 있는 일을 해야 했다.

「동물보호법」 제7조에는 '동물에게 적합한 사료와 물을 공급하고, 운동·휴식 및 수면이 보장되도록 노력하여야 한다'고 명시되어있지만, 노력을 강제할 수 있는 규정은 어디에도 없다. 즉, 그 노력을 하지 않아도 처벌할 수 없다는 말이다. 나름대로의 사랑과 정성 그리고 큰 비용을 들여가며 개를 키우고 있다고 열변을 토하는 견주들 앞에서 그들의 사랑과 정성이 법과 원칙에 위배됨을 주장하며 시정을 강제할 수 없는 나는 그들을 '좋은 언어'로 어르고 달랠 수밖에 없다. 오고 가는 사람들의 눈도 있으니 조금만 더 신경 써달라는 나의 구구절절한 읍소에 일부 견주들은 마지못해 고개를 끄덕이지만, 대부분은 '내 개니까, 내가 알아서 하겠다'는 답변이 돌아온다.

과거에는 '동물 복지'라는 개념에 대한 인식이 부족했을 뿐 아니라 인간에 대한 존중도 부족했다. 부모가 자녀를 대할 때, 스승이 제자를 대할 때, 상급자가 하급자들을 대할 때 '애정'이 있다고 말하지만 '존중'은 없는 태도가 만연했다. 어린아이의 옷을 벗기고 바깥에 세워두는 일이 부모가 자식을 훈육하는 흔한 방법이기도 했고, 아이가 소스라치게 놀라거나 공포에 질릴 때까지 장난을 치는 일을 '애정'이라 믿는 어른들도 많았으며, '애들은 맞으며 커야 한다'는 말에 이견을 다는 사람은 많지 않았다.

하지만 시간이 흐르면서 세상은 조금씩 변했다. 타인의 고통에 무감했던 역사에서 인간과 다른 종(種)의 고통까지 헤아리는 방향으로. 특정인에게 집중되었던 권리가 모두에게 공정하게 나누어지는 방향으로. 누군가에 대한 '사랑'과 '폭력'을 명백히 구별하는 방향으로 말이다.

과거에는 옳은 줄 알았으나 사실은 틀린 것이었음을 인정하고 반성하며 앞으로의 태도를 다르게 결정하는 일은 더 나은 세상을 만드는 일인 동시에 스스로 더 나은 인간이 되는 일이다.

나는 동물 학대에 대한 규정과 그것을 위반했을 경우 처벌하는 법 제도가 조금 더 세심하고 정교하게 발전할 수 있기를, 그리고 외적인 조건과 상관없이 모든 견종, 더 나아가 모든 동물에게 우리 법에서 명시하고 있는 동물보호의 '기본원칙'[15]이 지켜지기를 바란다. 사람의 피부색과 생김새로 그의 쓸모를 결정짓거나 사회경제적 지위로 차별하는 것이 온당하지 않고, 오직 인간이라는 이유만으로 모든 이에게 부여한 존엄한 권리가 있다면 동물 또한 마찬가지 아닐까. 쓰레기 더미에 살아도 '괜찮은' 개는 없다.

한 마리를 구하는 일이
의미가 있습니까?

2018년의 봄날. 대학교 때 지도 교수님으로부터 연락을 받았다. '영화로 읽는 사회학'이라는 교양 강의에서 후배들에게 나의 경험을 들려줄 것을 제안하셨다. 나에게도 특별한 의미가 있는 강의였다. 내가 '사회학'을 선택하게 된 결정적인 계기가 된 수업이었기 때문이다. 나는 찰리 채플린의 〈모던타임즈〉와 장예모 감독의 〈홍등〉을 보며 사회학을 처음 배웠다. 한 학기 수업을 다 듣기도 전에 전과를 결심했고, 당시 수업을 맡았던 교수님이 후에 나의 지도 교수님이 되어주셨다.

후배들과 함께 볼 영화로 봉준호 감독의 〈옥자〉를 선택했다. 〈옥자〉의 주요 내용을 학생들과 함께 살펴보고, 동물보호단체에서 일했던 경험을 이야기하고 싶었다. 강연자로서 사람들 앞에 선 것은 생애 처음이었다. 지금도 이따금 이불을 박차고 일어날 수 있는 크고 작은 실수들이 강연 내내 이어졌지만, 천만다행이었던 건 이야기할 수 있는 거리가 많은 텍스트를 선택한 것이었다.

영화 〈옥자〉의 첫 장면은 미란도 기업의 새 CEO 루시 미란도의 취임식으로 시작된다. 그녀는 기자들 앞에서 성실한 노동자들의 피로 세워진 회사는 앞으로 '환경과 생명'을 강조하는 윤리적인 기업이 되어 이윤 추구뿐 아니라 '인류'를 위해 공헌하게 될 것을 선언한다. 이를 위해 미란도 기업은 칠레의 한 농장에서 발견한 '슈퍼 돼지'를 미국으로 데려와 관찰과 연구를 진행했고, 결코 강압적이지 않은 친환경적인 방식으로 26마리의 새끼를 번식하는 데 성공했다고 밝힌다. 26마리의 슈퍼 돼지를 세계 각국의 우수 축산 농민에게 한 마리씩 분양해 앞으로 10년 동안, 각 나라의 고유한 방식으로 키워내는 프로젝트가 시작된 것이다. 루시 미란도는 이를 일컬어 대자연의 선물로 이루어내는 '축산업계의 계획'이라고 표현했다. 말만 들어서는 자연애와 인류애가 넘치는 계획이었지만 사실 그녀가 무엇보다 기대하고 있던 건, 슈퍼 돼지의 '끝내주는 맛(fucking taste good)'이었다.

그로부터 10년이 흐른 뒤, 보통의 돼지보다 몸집이 크고 생김새는 '하마'에 가까운 옥자가 미자와 함께 등장한다. 미자는 땅에 떨어진 감을 옥자의 입에 넣어주고, 옥자는 미자를 위해 물고기를 잡아준다. 미자는 가파른 절벽을 무서워하는 옥자를 달래주고, 옥자는 절벽에서 떨어질 위기에 처한 미자를 구해준다. 둘은 어느 한쪽이 다른 쪽에게 일방적으로 돌봄을 제공하는 것이 아닌 서로를 위해 주는 관계였다.

미란도 기업의 10년 프로젝트가 마무리될 무렵, 직원들이 산골에서 옥자를 찾아 데려가고 미자가 옥자를 찾아 나서면서 영화는 본격적으로 전개된다. 미자의 외로운 투쟁에 미국의 '동물보호단체'가 합세했고, 그들은 미자에게 '미란도 기업'의 진실에 대해 알려준다. 사실 옥자는 미란도 기업이 지난 10년간 유전자 조작을 통해 만들어낸 슈퍼 돼지를 안정적으로 생산하기 위해 이미지 관리용으로 이용한 것이라고 말이다.

미자가 옥자를 구출하는 과정을 도와주는 동물해방전선(Animal Liberation Front, ALF)은 미국에 실존하는 동물보호단체다. 동물권 운동을 연구한 먼로(Munro)에 따르면 동물해방전선은 '급진적 동물 해방'을 목표로 하며 이들의 방식은 폭력적이고, 비합법적인 직접 행동이라고 볼 수 있다. 영화에서 '동물해방전선'의 단원으로 나오는 제이가 설명하듯 그들은 '동물원이나 도살장, 실험실의 철창을 부수고 동물들을 탈출시키는 일'을 한다.

제이는 옥자 외에 더 많은 생명을 구하기 위해서라도 실험실 내부의 영상이 필요하다고 말한다. 만약 미자가 동의해준다면, 위험을 무릅쓰고 옥자에게 카메라를 설치해 실험실에 들여보내겠다는 것이다. 미자는 그의 부탁을 단호하게 거절하며 '옥자와 집으로 돌아가겠다'고 말하지만 통역을 담당하던 활동가는 단원들에게 미자가 허락했다고 거짓말을 한다. 그것이 단체가 세운 계획이자 궁극적인 목표였기 때문이다. 기업에게 옥자는 아직 팔리지 않은 물건이었고, 동물보호단체에게 옥자는 더 많은 동물을 구하기 위해 이용할수 있는 동물이었다. 옥자는 오직 미자에게만 무슨 수를 써서라도 집에 데려가야만 하는 '가족'이었다.

결국 동물해방전선의 계획대로 옥자가 실험실에서 학대당한 영상이 공개되고, 루시보다 조금 더 냉철한 사업가인 언니 낸시에게 CEO 자리가 넘어간다. 기업이 동물을 학대하는 영상이 전 세계에 퍼졌으니 회사에서 생산한 고기가 소비자들에게 거부감이 들게 하면 어떻게 하느냐고 묻는 직원에게 낸시는 자신감을 드러내며 말한다. "특가라고 싸게 팔면 사람들은 무조건 먹을 거야." 그녀에게 동물은 생명이 아닌 팔아야 할 '제품'으로만 존재했다.

그토록 철저한 비즈니스 정신으로 무장한 낸시를 이길 수 있는 방법은 의외로 간단했다. 값을 지불하는 것이다. 낸시에게 옥자는 어떻게든 팔아서 이익을 남겨야 하는 물건이었으니 말이다. 미자는 고향에서 챙겨온 금돼지를 꺼내 옥자를 '산 채'로 사겠다고 제안했고, 그제야 비로소 거대 기업으로부터 옥자를 구해낼 수 있었다.

영화 이야기가 마무리될 즈음, 한 학생이 조용히 손을 들고는 물었다.

"동물을 좋아하지만, 현실적으로 고기를 안 먹는 건 어려워서 이 모순을 어떻게 설명해야 할지 모르겠어요. 저는 '개'를 좋아해서 먹으면 안 된다고는 생각하는데, 다른 고기는 또 먹으니까요."

나는 그에게 미자와 옥자가 지친 얼굴로 도살장을 나서는 장면에 대해 이야기했다. 미자는 우여곡절 끝에 옥자를 구했지만, 다른 동물들의 죽음 앞에서는 도리 없이 발걸음을 돌린다. 그때 죽음의 순서를 기다리며 울부짖던 부모 돼지가 몸으로 전깃줄을 들어 올리고는 아기 돼지를 도살장 바깥으로 밀어낸다. 미자와 옥자는 아기 돼지를 몰래 숨겨 집으로 돌아오는 것으로 긴긴 여정을 마무리한다.

"미자가 도살장에서 데리고 나올 수 있었던 건 옥자와 아기 돼지뿐이었지만, 도대체 그게 무슨 의미가 있냐고 묻는 사람은 없을 거예요. 왜냐하면 분명 '그 자체로' 의미가 있거든요."

고기 없는 식탁을 차리는 한 번의 노력이, 동물 복지 제품을 소비하는 한 번의 관심이, 동물을 돈으로 사지 않는 한 번의 결정이 변화시킬 수 있는 일들의 가치 또한 소중히 여겨졌으면 좋겠다.

세상의 변화는 몇 명의 히어로가 가진 힘에서 비롯되는 것이 아닌 평범한 사람들의 작은 의지가 모이는 곳에서 일어나기 때문이다.

누가 더 유해한
존재일까요?

너구리 가족을 만난 적이 있다. 산책길이었다. 집 앞 탄천에 너구리가 살고 있다는 얘기를 들은 적은 있지만 실제로 너구리를 본 건 처음이었다. 어린 너구리 세 마리가 장난을 치는 동안 어른 너구리가 경계 태세로 서있었다. 너구리는 넷이었고 나는 혼자였다. 어른 너구리와 나 사이에 잠시 팽팽한 대치 상황이 벌어졌지만, 나는 더이상 가까이 가지 않고 천천히 뒤돌아 걸었다.

그 이후로 몇 번 더 너구리를 만났다. 한 마리일 때도 있었고, 여러 마리가 함께 움직일 때도 있었다. 그때마다 나는 '너 선생님, 먼저 가시죠'라는 듯 공손한 제스처를 하며 다른 방향으로 돌아서거나 너구리가 나의 행로에서 벗어나기를 기다렸다. 인간으로서 제 역할을 해야 한다고 생각했기 때문이다. 너구리와 나의 거리가 가까워지면 서로에게 좋을 것이 없었다.

도시에는 다양한 종의 동물들이 살고 있다. 출근길에 자주 보는 까치나 참새, 비둘기뿐 아니라 너구리, 청설모, 고라니도 인간의 생활권에서 종종 마주칠 수 있다. 「야생생물보호 및 관리에 관한 법률」(이하 야생생물법)에 따르면 '야생생물'은 "산·들 또는 강 등 자연상태에서 서식하거나 자생(自生)하는 동물, 식물, 균류·지의류(地衣類)[16], 원생생물 및 원핵생물의 종(種)"으로 규정하고 있는데[17] 반려동물 및 유기동물을 보호·관리하는 주관 부처는 농림축산식품부이고 야생동물은 환경부에서 담당한다. 많은 시민들이 '동물보호' 업무를 한 곳에서 처리하는 것으로 생각해 관공서에 연락하지만, '어떤 동물'이냐에 따라 담당 부서가 달라지고, 적용할 수 있는 법 규정도 다르다.

몇 해 전, 남이섬에 갔을 때였다. 섬은 관광객들을 위해 최대한 자연에 가까운 환경을 조성했다. 작은 동물들을 곳곳에서 볼 수 있었고, 곳곳에 우거진 풀숲은 도시를 떠나 여유를 만끽하기에 충분했다. 내 앞으로는 잠자리채와 플라스틱 통을 들고 나온 어린아이와 부모가 걷고 있었다. 아이는 신이 나서 폴짝폴짝 뛰어다니며 풀을 뜯고 있는 토끼에게 다가가거나 소리를 질렀다. 부모는 그런 아이가 귀엽다는 듯이 웃었다. 관광객들 곁에는 나무에서 내려와 땅에서 돌아다니는 청설모도 있었다. 아이는 '다람쥐!'라고 외치며 잠자리채를 들었다. 이리저리 바쁘게 움직였지만 빠른 속도로 달아나는 청설모를 건드리지는 못했다.

"저기 한 마리 더 있네. 쟤랑 놀아봐."

부모는 또 다른 청설모가 있는 걸 보고 아이에게 말했다. 아이는 다시 한번 잠자리채를 휘두르며 뛰어갔다. 엄마는 아이의 모습을 한 장이라도 더 남기려고 연신 카메라 셔터를 눌렀고, 아빠는 행여 아이가 넘어질까 봐 뒤를 따라갔다. 그들에게는 그날의 시간이 소중한 한 장의 추억으로 남아있겠지만, 어린 자녀에게 무엇이 옳고 그른지 가르쳐줘야 하는 부모의 책임은 망각한 하루였음이 분명했다.

EBS 다큐멘터리 〈하나뿐인 지구〉에서는 충남야생동물구조센터의 하루를 통해 우리 가까이에 있는 야생동물들의 모습을 보여주었다. 제일 먼저 등장한 건 차에 치인 고라니였다. 한국도로공사의 자료에 따르면 2018년 5월 기준으로 연평균 2,180건의 '로드킬'이 발생하고 있다.[18] 사고를 당한 고라니는 생후 1년 미만인 어린 개체였다. 센터의 수의사는 구조된 야생동물의 치료 방향을 결정하는 기준이 되는 것은

'야생으로 다시 돌아갔을 때, 제대로 살 수 있는지' 여부라고 말했다. 사고를 당한 고라니는 앞다리 하나를 절단해야 했지만, 수의사는 녀석이 다리 세 개로도 자연에서 살아갈 수 있을 거라고 판단했다.

센터에는 고라니 외에도 다양한 동물들이 구조되어 들어왔다. 유리벽에 부딪혀 다친 부엉이나 독수리, 덫에 걸린 너구리와 삵, 그리고 플라스틱이 목에 걸린 거북이가 치료를 받고 있었다. 센터의 수의사는 제작진에게 '야생에서 동물들끼리 서로 싸우다가 목숨을 잃거나 다른 동물이 또 다른 종의 동물을 잡아먹는 일은 에너지 순환으로 봤을 때 지극히 자연스러운 일'이지만, 센터에 들어오는 동물들은 전혀 '자연스럽지 않은 사고'를 당하는 경우가 90% 이상이고 이는 명백히 '인간이 동물에게 끼치는 피해'라고 설명했다.

동물에게는 '도로'나 '자동차'라는 개념이 없다. 그들은 '유리'를 모를뿐더러 '덫'이 무엇인지도 알 리가 없다. 오직 인간의 편의를 위해 만든 것들로 인해 동물들이 다치고 죽는 것이다. 그러나 무분별한 개발로 야생동물들이 삶의 터전을 잃고 인가로 내려오면 사람들은 입을 모아 말한다. '사나운 야생동물이 인간에게 피해를 준다'고 말이다.

「야생생물법」에서는, "사람의 생명이나 재산에 피해를 주는 야생동물"을 유해동물로 정의하고, 유해 야생동물의 종을 명시하고 있다. 이에 해당하는 동물들은, 시대에 따라 조금씩 달라지지만 2020년을 기준으로 '참새, 까치, 어치, 직박구리, 까마귀, 비둘기, 고라니, 청설모' 등이며 피해의 단서는 '농작물 또는 과수 등 인간의 경제활동과 인명에 위해를 가할 우려가 있는' 경우이다. 유해동물은 시·군·구청장의 허가를 받아 포획할 수 있다.

성경에 등장하는 노아가 홍수가 끝난 뒤 비둘기를 날려 보내 올리브 나무 잎사귀를 물고 돌아온 이야기로부터 비둘기는 오랜 시간 평화의 상징으로 자리했다고 한다. 이러한 이유로 다양한 국제 행사와 공연 등에서 비둘기를 하늘로 날려 보냈고, 지금처럼 많은 개체 수가 도시에 자리를 잡아 '닭둘기'라는 오명을 얻게 되었다. 좋은 손님을 맞이하는 길조였던 까치가 유해동물이 된 이유는 전신주 위에 둥지를 틀고 알을 낳거나 농작물에 해를 끼치기 때문이라고 한다. 사람들이 숲을 없애고 나무를 베어버렸으니 까치로선 어쩔 도리 없는 선택이었겠지만, 대부분의 사람들에게 까치의 입장 같은 건 그리 중요한 일이 아니다. 사람들이 관심을 갖는 것은 왜 그 동물이 유해동물이 되었는지, 무엇이 야생동물로 하여금 인간의 생활공간에 침범하는 것처럼 보여지게 만드는지가 아닌 오직 동물의 '번식력'과 '공격성'이 인간에게 해를 끼친다는 사실이다.

인간관계에는 늘 '적당한 거리'가 필요하다. 가족과의 관계에서, 친구와의 관계에서, 직장 동료와의 관계에서 유지해야 하는 '적당한 거리'는 각각 다르다. 유지해야 하는 거리를 침범하면 결국 그 관계는 누군가에게 상처를 내고야 만다. 그래서 늘 서로에게 적당한 거리를 살피고, 누군가 나의 침범으로 불편함을 느끼지 않도록 세심하게 배려해야 하는 것이다.

인간과 야생동물이 유지해야 하는 적당한 거리는 어느 정도일까? 멀면 멀수록 좋을 것이다. 생김새가 귀엽다는 이유로, 신기하다는 이유로 한 걸음 더 다가갈 때 동물과 사람 둘 중 하나는 상처를 입기 마련이다. 기억해야 할 사실이 있다면, 언제나 손에 막대기를 쥐고 거칠게 휘두르는 건 동물이 아니라 인간 쪽이라는 것이다.

자연에 누가 더 해를 끼치는 존재인지는 결국, 자연이 대답해줄 것이라고 믿는다.

Part 2

동물과
인간 사이

공존하기 위해
알아야 할 것들

'반려동물'의
정의

TV에서 '우럭'을 반려동물로 키우는 사람을 본 적이 있다. 양육자는 우럭을 '뚜루'라고 불렀다. 그는 전통주를 판매하는 곳에서 일하는 사람이었는데, 어느 날 안주용 횟감으로 사용할 '자연산 우럭'이 들어왔고, 첫눈에 다른 우럭들과는 다른 '뚜루'의 특별함을 알아보았다고 했다. 다소 황당하게 들리지만 양육자가 제작진에게 건넨 영상을 보면 묘하게 설득력이 있다. '뚜루'는 확실히 다른 우럭들과 달랐다. 뚜루의 눈은 자신을 정성스레 돌보는 사람을 알아보는 듯했고, 자신의 이름을 부르는 소리에 반응하는 것 같기도 했다.

그 프로그램에는 '순둥이'라는 거북이를 반려동물로 키우는 사람도 등장했다. 그는 나이든 거북이의 다리를 주물러

주는 것으로 하루를 시작했다. 양육자는 스스로 먹이 섭취가 어려운 순둥이를 위해 주기적으로 동물병원에 데려가 영양을 공급해주거나 동화책을 읽어주는 정성을 들였다. 제작진은 그의 생활을 지켜보다가 조심스레 질문을 던졌다. "순둥이가 양육자님의 말을 알아듣는 것 같나요?" 양육자는 확신했다. 비록 순둥이가 인간의 언어를 사용할 수는 없지만, 자신의 기분을 누구보다 잘 알고 있다는 것이다. 다양한 반려동물과 살아가는 사람들의 모습을 보여준 이 프로그램은 〈MBC 스페셜〉에서 2부작으로 방영한 '사람과 동물, 반려인생 이야기'라는 다큐멘터리다.

'내 눈에만 보여요'라는 제목의 1부는 말 그대로 양육자들의 눈에만 남다르게 보이는 동물의 모습을 비춰주었다. 이 방송을 보면서 나 역시 황당한 웃음을 지었던 기억이 있다. 출연자들 스스로도 '다른 사람들은 나를 이상한 시선으로 볼 수도 있다'라고 고백하는 것처럼, 정말이지 이상했다. '반려동물'이라는 용어의 의미를 충족시키기에는 어딘가 모르게 어색한 동물들이었기 때문이다.

반려동물(companion animal)은 '사람과 함께 생활하며 살아가는 동물'을 뜻하며, 1983년 오스트리아에서 열린 '인간과 동물의 관계(The human-pet relationship)'에 관한 국제 심포지엄에서 처음 쓰였다고 알려져 있다. 사람이 장난감처럼 소비하는 의미가 강한 '애완동물(pet)' 대신 함께 살아가는 '가족'의 의미를 부여한 것이다. "2018년, 반려동물에 대한 인식 및 양육 현황 조사보고서"[19]에 따르면 반려동물을 양육하고 있는 응답자의 81.3%가 개를, 20.1%가 고양이를 반려동물로 키우고 있다고 답변했다. 그 외 '새, 물고기, 파충류, 햄스터, 고슴도치, 토끼' 등의 동물을 반려의 목적으로 양육하는 사람들이 있었지만 다 합쳐도 5% 남짓이었다. 이러한 현상은 다른 문화권에서도 크게 다르지 않게 나타난다.[20] 다시 말해, 보편적으로 인간 사회에서 '반려동물'의 의미를 정확히 획득하고 있는 동물의 종(種)은 '개'와 '고양이' 정도라고 할 수 있다.

인간과 동물의 관계를 연구하는 학자 마고 드멜로는 다음과 같은 특징으로 '반려동물'을 설명할 수 있다고 말한다. 우선 그들에게는 '이름'이 있다. 어떠한 동물에게 자신만의 '이름'이 있다는 것은 다른 동물들과 구별될 수 있음을 의미한다. 인간은 동물의 '이름'을 짓고 부름으로써 동물을 '의인화'하고 사람과 같은(person-like) 지위를 부여하게 된다. 또한, 인간은 자신의 반려동물이 인간의 언어를 사용하지 못한다고 해도 적극적으로 말을 걸며 '의사소통'을 시도한다. 반려동물과 사람의 관계에 관한 또 다른 연구는 그들의 관계가 '엄마-아이'의 관계와 같다고 말한다. 연구에 따르면 보호자는 반려동물에게 엄마의 말투나 아이의 말을 사용하며 반려동

물을 '우리 아이'라 부르고 그들을 아이처럼 안아준다.[21]

나는 오랜 시간 동안 '반려동물' 하면 '개'와 '고양이'를 먼저 떠올렸다. 물론 거북이나 우럭을 가족으로 생각하는 사람도 있고, 고슴도치나 햄스터와 영혼의 교감을 나누는 사람들도 있겠지만 반려동물 정책을 제안하거나 캠페인을 기획할 때 내 머릿속에는 '반려견'과 '반려묘'를 양육하는 사람들이 중심이 된 사고(思考)가 이어졌다. 이유는 단순했다. 그들이 다수였기 때문이다.

우리나라 「동물보호법」에서는 '주택·준주택 등에서 반려의 목적으로 사육하는 2개월령 이상의 개'를 '등록대상동물'로 정의함으로써 보호자의 동물 등록을 의무화하고, 법 제도 안에서 반려동물을 보호·관리할 수 있도록 근거를 마련했다.[22] 현재 일부 지자체에서는 '등록대상동물'에 '고양이'를 포함하여 동물 등록을 유도하고 있고, 이는 곧 전국적으로 확대 시행될 예정이다. 인간이 '반려'를 목적으로 키우는 동물에 '개'와 '고양이'라는 특정 동물이 선택되어 제도 안으로 들어왔다는 것은, '반려동물'과 관련한 다양한 정책 또한 '개, 고양이'와 살아가는 사람들을 중심으로 마련되고 있다는 것을 의미한다.

다수를 기반으로 하는 제도가 가진 폭력성은 우리 사회에서 자연스럽게 그리고 있는 '가족'의 이미지를 떠올려보면 쉽게 이해할 수 있다. 『이상한 정상 가족』의 저자 김희경은 우리 사회의 '정상 가족 이데올로기'에 대해 "결혼제도 안에서 부모와 자녀로 이뤄진 핵가족을 이상적 가족의 형태로 간주하는 사회 및 문화적 구조와 사고방식"이라고 설명하는데, 바깥으로는 이를 벗어난 가족 형태를 '비정상'이라 간주하며 차별하고, 안으로는 가부장적 위계가 가족을 지배하는 것을 말한다.[23] 사회가 규정하는 정상 범주에 들어가는 결합이 아니면 제도적으로 배제당하거나 차별적인 시선을 겪게 되는 것이다.

'반려동물'이나 '반려인'이라는 용어가 널리 사용될수록 어떠한 종(種)의 동물들이 이 범주 안에 포함되지 못하거나, 그로 인한 문제가 가려지고 있지는 않은지 점검해볼 필요가 있다. 사람들이 '반려동물'이라고 분명하게 인식하는 동물이 아닌 다른 종의 동물을 반려가족으로 선택하여 의미를 부여하고, 양육하며 교감하는 과정에서도 반려인으로서 책임과 의무를 동일하게 다해야 한다. 세상에 키우기 쉬운 동물은 없고, '애완의 기능'을 하기 위해 존재하는 '가족' 또한 없다.

우럭 '뚜루'나 거북이 '순둥이'와 교감했던 사람들의 진심을 외면하자는 것은 아니지만, 개인적으로는 인간과 동물이 살기에 적합한 공간에서 '반려의 목적'으로 함께 생활할 수 있는 동물의 종(種)을 법으로 정하고, 어떤 경우에도 손쉽게 구매할 수 없도록 해야 한다고 생각한다. 그를 위해서는 우선, 사람의 생활공간에서 살아가고 있는 동물들에 대한 정확한 정보와 대책이 필요하다. 반려가족으로 선택하려는 동물이 사람의 주거 공간에서 함께 생활하기에 적합한지 양육자 스스로 고민해볼 수 있는 환경이 마련되어야 하고, '이색 반려동물'이라는 말로 쉽게 소비되지 않도록 관련 교육이 선행되어야 한다.

도심의 어느 공원에서 사람에게 버려진 토끼들이 수십 마리로 늘어나 발견되었다는 소식을 자주 접한다. 그럴 때마다 나는 반려인들이 감당해야 할 책임과 의무가 어떤 동물을 키우느냐에 따라 달라져서는 안 된다는 생각을 더 절실히 하게 된다. 반려동물 문화는 빠르게 변화하고, 하루가 다르게 발전하고 있지만 여전히 '애완'의 자리에 머물러있는 다른 동물들에게도 제도적 관심이 필요하다. 각종 보고서에 '기타'로 집계되는 단 1%의 비율일지라도, 그 생명이 가진 무게는 결코 가볍지 않기 때문이다.

물어요,
문다고요!

니는 두 마리 개의 보호자다. 첫째는 포로리, 15살 '시추'다. 포로리는 살아 움직이는 모든 생명체에 낯을 가린다. 특히, 처음 보는 개를 유난히 싫어한다. 산책길에 만나는 다른 개들은 반갑다고 다가오지만 포로리는 최대한 아무도 마주치지 않는 방향으로만 움직이려고 한다. 노견이 된 이후로는 주로 한자리에 서서 냄새를 맡는 일에 집중하지만, 어렸을 때는 혼자 맹렬하게 흙을 파는 일을 가장 좋아했다.

둘째는 보노, 올해로 6살이 된 비숑이다. 보노는 포로리와 달리 살아 움직이는 모든 생명체에 관심과 사랑을 준다. 처음 본 사람도 오랜만에 만난 친구처럼 반가워하고, 화면에 나오는 동물들만 봐도 헤어진 연인을 그리워하듯 애달파한다. 그래서 보노의 산책은 포로리보다 열 배는 더 힘이 든다. 그 아이의 넘치는 힘과 애정이 누군가에게 피해를 줄 수도 있기에 늘 긴장 상태로 목줄을 잡고 있기 때문이다.

포로리가 2살 정도 됐을 때의 일이다. 가족들이 바닥에 상을 펼쳐놓고 백숙을 먹고 있었다. 닭을 좋아하는 포로리는 먹이를 노리는 상어처럼 밥상 주위를 맴맴 돌며 군침을 삼켰다. 우리는 식사를 하면서도 온몸으로 포로리를 저지했고 호시탐탐 기회를 노리던 녀석의 공격은 번번이 실패했다.

그러다 포로리는 아주 잠깐, 모두가 방심한 틈을 타서 닭고기 한 점을 입에 물었다.

"안 돼!!"

삶은 닭의 뼈는 쉽게 부서지고 또 날카로워서 그대로 삼키는 순간 동물의 위장에 치명적인 상처를 입힐 수 있다. 목적을 달성한 포로리가 재빨리 현장을 떠나려는 순간, 냉큼 붙잡아 억지로 입을 벌렸다.

"아야아!!!"

평소에는 가벼운 바람이 창문에 부딪히는 소리에도 깜짝 놀랄 만큼 소심하고 겁이 많던 포로리가 내 손을 '아주 사납게' 물었다. 순식간에 벌어진 일이었다. 나는 상처 난 손을 거즈로 누르며 포로리를 쳐다봤다. 포로리는 커다란 눈을 이쪽저쪽으로 돌리며 아무 일도 없었다는 듯 입맛을 다시고 있었다. 그때 알았다. 순하디 순한 포로리의 이빨도 내 손에 상처를 낼 수 있을 만큼 날카롭다는 것을 말이다.

보노는 동글동글한 헤어스타일 덕분에 유난히도 인기가 많다. 사람들의 이목을 끌기 쉬운 만큼 녀석과의 산책길은 늘 살얼음 위를 걷는 것 같다. 그날의 산책도 여느 때와 같이 전투적이었다. 한 여자아이가 보노를 발견하고 신이 난 얼굴로 폴짝폴짝 다가왔다. 아이는 우리가 서있는 바로 앞까지 다가와서는 보노가 신기한 듯 쳐다봤다. 나는 긴장했다. 목줄을 더 꽉 잡았다. 보노가 언제 앞발을 들어 올려 아이의 관심에 화답할지 모를 일이기 때문이다. 이때 뒤에서 느릿느릿 걸어오던 아이 부모의 목소리가 들렸다.

"어머나, 멍멍이가 너무 예쁘네. 그치? 한번 만져봐."

그 말을 듣자마자 나는 보노를 내 쪽으로 밀착시켰다.

"물 수도 있어요."

나의 퉁명스러운 말투와 표정에, 그들은 살짝 기분이 상한 얼굴로 돌아섰다.

"멍멍이가 문대. 이리 와."

「동물보호법」에서는 '도사견, 아메리칸 핏불테리어, 아메리칸 스태퍼드셔 테리어, 스태퍼드셔 불테리어, 로트와일러 등'을 맹견으로 규정하고 있다. 또한, 법에서 정한 맹견은 '사람의 생명이나 신체에 위해를 가할 우려가 있는 개'로 정의해 '어린이집과 유치원, 초등학교 및 특수학교'에 출입할 수 없고, 3개월령 이상의 맹견을 데리고 산책을 할 경우 의무적으로 '입마개'를 해야 한다.

그런데 실제 우리 주위에서 일어나는 '개 물림 사고'는 법에서 정한 '맹견'에 의해서만 일어나는 것이 아니다. 소형견에서부터 '사납지 않다고' 알려진 순둥이 개들까지 물림 사고의 주체가 되는 경우가 많다.

전문가들에 따르면 개는 '공포를 느낄 때, 자신의 것을 지키기 위해, 몸이 아프거나 보호해야 할 새끼가 있을 때, 사냥감과 같은 움직이는 물체를 쫓기 위해' 사람을 물 수 있다. 물론 강아지가 적절한 시기에 올바른 방법을 통해 사회화 교육을 받는다면 사람을 물 가능성은 확연히 낮아지겠지만,

세상에 '물지 않는 개'는 없다는 말이다. '개'는 그럴만한 상황이 되면 누구라도 물 수 있다.

지자체에서 동물보호 업무를 할 때 가장 많은 부분을 차지하는 일은 반려인과 비(非)반려인의 갈등을 해결하는 것이다. '우리 개는 착하고 순하다'는 말을 반복하는 사람들과 '모든 개가 입마개를 하고 다녔으면 좋겠다'고 말하는 사람들을 동시에 마주하고 있노라면, 서로 다른 언어를 사용하는 사람들이 던져주는 도저히 해결할 수 없는 문제를 맞닥뜨린 것 같은 느낌이 든다.

그런데 한 가지 분명한 사실은 동물로 발생하는 문제는 대부분 '사람들의 문제'라는 것이다. 그 개가 얼마나 사나운 종인지의 문제가 아니라, 그 개가 사람을 문 적이 있는지의 문제가 아니라, 그 개가 입마개를 했는지 안 했는지의 문제가 아니라 자격 미달인 사람들이 동물을 키우는 것이 문제이고, 타인의 동물을 함부로 대하는 예의 없는 사람들의 행동이 문제이며, 무조건 내 입장이 옳다고만 우기는 사람들의 '이기적인 태도'가 문제일 뿐 동물은 잘못이 없다.

반려인들이 '우리 개는 순하고 착하니까 괜찮아'라는 말을 멈추고 보호자로서 지켜야 할 책임과 의무를 다할 때, 비(非)반려인들이 다른 사람의 동물을 '허락 없이 만지거나, 다가

가는 행동'을 하지 않는 것이 상식이 될 때 그제야 비로소 개로 인해 발생하는 물림 사고가 줄어들지 않을까? 몇몇 종을 맹견으로 규정하고 입마개를 씌우는 것만으로는 충분하지 않다.

반려동물이 사람과 함께 살아가는 방법을 배우기 위해 사회화 교육을 받듯이, 사람들도 나와 다른 사람과 함께 사는 법을 배우는 과정이 필요하다. 함께 살아가는 사회의 가장 기본적인 규범을 존중하고 지키기 시작할 때, 해결할 수 없을 것만 같던 문제의 크기도 조금씩 작아지지 않을까.

길고양이는
죄가 없어요

고등학교 때였다. 같은 반 친구와 함께 집에 가는 길이었는데 갑자기 친구가 걸음을 멈췄다. 무슨 일인가 싶어 고개를 돌려 보았더니, 친구의 시선이 고양이를 향해 있었다. 어딘가를 향해 바쁘게 가던 고양이도 그 자리에 멈춰 서서 친구를 쳐다봤다. 아주 잠깐 둘 사이에 무언의 대화가 오고 가는 것 같았다.

"왜 그래? 고양이 때문에?"

친구는 얼굴을 살짝 찌푸렸다. 당시 나는 길고양이에 대해 아무 생각이 없었다. 굳이 말하자면 '고양이가 길에서 사는구나' 정도. 나에게 길고양이는 흔히 보이는 비둘기, 까치,

참새 같은 조류들과 별반 다르지 않았다.

"고양이 싫어해?"

우리를 번갈아 보던 고양이는 빠른 걸음으로 자리를 옮겼다. 그제야 친구는 다시 걸으며 내게 말했다.

"고양이가 싫은 게 아니라 길에서 사는 고양이들이 싫어. 병이 있을지도 모르잖아."

"뭔 소리야? 쟤는 길에서 태어나고 싶어서 태어났겠냐."

내가 반박하듯 대꾸하자 친구는 이따금 쓰레기통을 뒤지고 있는 고양이를 마주할 때마다 소름이 끼치는 건 어쩔 수 없다고 답했다. 어느 날인가 혼자 길을 걷고 있는데 갑자기 튀어나온 고양이 때문에 심장이 떨어질 뻔했다는 이야기도 덧붙였다. 그로부터 많은 시간이 흘러 반려동물 양육 인구가 1500만이 되었다는 언론 보도가 낯설지 않은 지금도 나는 길고양이를 향한 차별 가득한 말을 심심치 않게 듣고 있다.

지자체에 접수되는 길고양이 민원은 대부분 '밥'과 관련되어 있다. 서로의 안부를 '밥은 먹었느냐'는 질문으로 묻고, 언제 한번 만나자는 약속을 '밥 먹자'는 말로 대신하며 '밥'을 많이 퍼주는 것을 '인심이 후하다'고 말하는 한국 사람들에게 '밥'은 매우 중요한 의미를 지닌다. 하루를 살아가게 하는 동력이자 인연을 이어주는 매개이자 한 사람의 인성을 판단하는 곳에 '밥'이 있다. 그러나 '길고양이에게 주는 밥'에는 너무나도 다른 첨예한 입장들이 대립한다.

우선, 길고양이에게 밥을 줘야 한다고 주장하는 사람들은 적절하게 먹이를 공급해야 고양이들이 음식물 쓰레기를 뒤지지 않아 오히려 위생적인 환경을 만들 수 있다고 말한다. 또한, 살아있는 생명이 길에서 굶지 않도록 밥을 주는 것은 행위의 이익을 떠나 '선하고 옳은 행동'이며 사람과 동물은 '공존'해야 한다고 강조한다.

반면 길고양이에게 밥을 주면 안 된다고 주장하는 사람들은, 밥을 주면 개체 수가 무분별하게 늘어나고 울음소리 같은 소음도 심해지며 아무 곳에나 배설물이 방치되어 주변 환경이 불결해진다고 목소리를 높인다. 특히, 자동차에 길고양이가 올라가 흠집을 만들어놓는 일들을 겪은 사람들은 고양이를 모여들게 하는 것 자체가 불편하다고 말한다.

전자의 경우, 주장 자체에는 틀린 점이 없다. 문제는 길고양이의 밥자리를 깨끗하게 관리하는 사람들이 손에 꼽을 정도라는 것이다. 물론, 길고양이에게 밥을 주는 자리뿐 아니라 주변 환경을 깨끗하게 치우는 것부터 이웃들의 의견까지 살뜰하게 살피는 캣맘, 캣대디들도 분명히 있다. 그런데 내가 경험한 바로는 자신이 돌보는 길고양이가 끼니를 굶고 앉아 있는 모습에는 큰일이 난 것처럼 화를 내도 주위 사람들이 불편을 겪는 표정에는 무관심한 경우가 조금 더 많았다. 보통 그들에게 있어서 길고양이를 싫어하는 사람들은 '몇 안 되는 나쁜 사람들' 혹은 '소수의 못된 사람들'로 치부된다.

후자의 경우도 마찬가지다. 하나만 알고 둘은 모르는 이야기다. 길고양이에게 밥을 주면 그렇지 않은 경우보다 고양이의 '생존율'도 높아지고 절대적인 개체 수가 늘어나는 것처럼 보이겠지만, 캣맘들의 관리가 없으면 그로 인한 불편은 지금보다 훨씬 더 늘어날 가능성이 높다.

길고양이의 개체 수 조절은 지자체에서 시행하는 중성화 사업(TNR)[24]을 통해 이루어지고 있다. 중성화 사업이란 길고양이를 포획하여 불임수술을 한 후 다시 제자리에 방사하는 것을 말한다. 이 사업을 통해 발정기의 길고양이가 내는 울음소리를 줄일 수 있다. 또한, 수술을 완료한 고양이에게 캣맘들이 적절하게 먹이를 제공하면 고양이들이 음식물 쓰레기봉투를 뒤지는 것을 방지할 수 있다.

지자체마다 조금씩 사정은 다르지만 중성화 사업을 하는 데는 한 마리당 15만 원 정도의 비용이 책정된다. 이 금액은 '길고양이 포획비, 수술비, 항생제, 그리고 포획 및 방사에 필요한 기타 제비용' 등으로 산출된 것이다. 동물병원에서 시행하는 중성화 수술 비용이 적게는 20만 원, 많게는 30만 원 이상인 것을 고려하면 지자체에서 시행하는 중성화 사업에 그리 많은 돈이 쓰이는 것은 아니다.

눈앞에 있는 길고양이들을 어딘가로 치워달라며 민원을 넣는 사람들은 '고양이 개체 수 조절을 위한 사업'에 상식 이하의 돈이 쓰이고 있다는 것에는 큰 관심을 두지 않을 것이다. 그저 내가 느끼는 불편함을 누군가가 짠! 하고 해결해주기만을 바라고 있는 사람늘이 대부분일 테니까.

지금으로서는 민원이 들어오면 현장에 나가 눈에 보이는 고양이를 포획해 수술하고 방사하는 것에 그치고 있고, 부족한 예산과 인력은 캣맘들의 '자발적인 봉사'를 통해 메우고 있다. 길고양이를 싫어하는 사람들은 캣맘이 길고양이에게 밥을 주는 행위가 자신들의 불편을 가중한다고 생각하겠지만, 그들의 행위가 어느 정도의 순기능을 하고 있다는 것은 부정할 수 없는 사실이다. 밥자리를 깨끗하게 정리하는 문제는 지자체의 '길고양이 급식소' 사업이 지금보다 더 확장되고, 길고양이도 우리와 함께 생태계를 공유하는 일원이라는 인식을 사회적으로 확산할 수 있다면 충분히 해결 가능한 부분이다.

길고양이 밥을 둘러싼 이슈는 고양이에게 밥을 주는 것이 옳은가, 아닌가의 문제가 아니라 나와 전혀 다른 어떤 사람이 세상에 존재한다는 걸 인정하느냐, 하지 않느냐의 문제일지도 모른다. 어느 누군가는 자신의 존재를 무던히 참고 배려하며 살아가고 있다는 걸 그들은 알고 있을까.

고양이는 잘못이 없다.

우리 모두는
서로의 룸메이트

'잠'은 소중하다. 하루를 열심히 살아낸 몸과 마음을 회복하는 시간이기 때문이다. 잠을 제대로 자지 못하면 신체 기능이 떨어지고 우울감이나 자살 충동을 느끼는 등 정신 건강에도 악영향을 미친다는 것은 이미 잘 알려진 사실이다.

시청에 동물 관련 민원을 접수하는 사람들 중에는 바로 이 '잠'을 제대로 자지 못해 힘들어하는 이들이 많다. 그들이 숙면을 취하지 못하는 이유는 대체로 두 가지다. 첫째, 이웃이 키우는 개가 짖어서. 둘째, 길고양이들이 울어서. 그러나 동물이 내는 소리가 소음이 되어 누군가를 고통스럽게 해도 이를 근본적으로 해결할 수 있는 법은, 우리나라에 없다.

편안하게 자지 못하는 사람들은 대부분 극도의 분노에 휩싸여 있다. 그래서인지 그들은 때로 사람이 뱉어서는 안 될 말들도 쉽게 던지곤 한다.

"내가 그 개새끼 죽이러 갈 수도 있어요."

"이웃 간에 칼부림 나게 생겼어요."

"다 죽어버리고 싶어요."

'칼을 들고 견주를 만나러 가겠다'는 사람부터 '짱돌로 쳐 죽이고 싶다'는 사람까지. 몇 번을 들어도 익숙해지지 않는 폭력적인 말들을 계속 듣다 보면 겁이 날 뿐만 아니라, 때로 그들의 짜증과 분노가 내게 옮겨오기도 한다. 그들의 하소연을 듣다 보면 나 역시 별것 아닌 일에도 화가 나고 예민하게 반응할 때가 더러 있다.

일본 도쿄도가 강아지별 짖는 소리 데시벨을 측정한 결과 평균 90dB 수준의 소음이 발생하는 것으로 나타났다. 국가소음정보시스템의 기준에 따르면 90dB은 소음이 심한 공장 안에서 발생하는 정도이며 그보다 10dB만 높아져도 열차가 통과할 때의 철도변 소음과 같은 수준이다.

치열했던 하루가 끝나고 잠자리에 누웠는데 머리맡에서는 기계 돌아가는 소음이 들리고 창밖으로는 요란하게 열차가 지나간다고 상상해보자. 아니다. 그만두자. 생각만 해도 괴로우니까.

미국 오리건 주에서는 개가 짖는 소리로 이웃에 빈번한 피해를 주면 벌금 부과 등의 처분이 이루어지거나 개에 대한 보호자의 소유권을 박탈할 수 있고, 호주의 브리즈번 시나 뉴질랜드의 경우에도 개가 과도하게 짖어서 이웃에게 피해를 줄 경우 소유자에게 벌금을 부과하거나 개를 키우지 못하도록 요구할 수 있다.[25] 2019년에는 프랑스 푸키에르에서도 개가 지속적으로 짖을 경우 68유로(약 92,000원)의 벌금을 부과할 수 있는 법안이 마련됐다.

그러나 우리나라의 경우에는 옆집에 사는 개가 밤낮으로 짖어도 이를 제지할 수 있는 법적 근거가 없다. 「소음·진동관리법」에서 개가 짖는 소리는 '소음'으로 규정하고 있지 않기 때문이다. 물론 민사를 통해 해결을 시도할 수는 있다. 2005년에 한 50대 여성이 이웃집 개들이 짖는 소리 때문에 몸에 이상이 생겼다며 견주를 상대로 낸 손해배상청구 소송에서 원고에게 병원 치료비와 위자료 등 147만 원을 지급하라는 판결이 나온 사례가 있다.[26] 그러나 소송은 그 자체로 복잡하고 어려운 일이다. 온전한 생활을 영위하지 못할 만

큰 고통받고 있는 사람들에게 이웃을 상대로 소송이라도 해보라는 말은 '돈과 시간, 그리고 힘이 남아 돌면 한번 싸워보라'고 말하는 것밖에 되지 않는다.

상황이 이렇다 보니 공무원들도 서로 자기 일이 아니라고 떠밀기 수월하다. '개 소음'도 '소음'이니 환경 관련 부서에서 맡아야 한다고 주장하는 이들이 있고, 엄밀히 말해 '소음'으로 규정되지 않았고 '개'와 관련된 민원이니 동물 관련 부서에서 맡아야 한다고 주장하는 이들도 있다. 법적 근거가 명확하지 않기 때문에 실제로 어느 시군에서는 환경부서, 어느 시군에서는 동물 관련 부서에서 '개 소음 민원'을 맡는다. 시민들은 어느 부서가 어떤 업무를 담당하는지는 중요하지 않고 누구라도 자신의 문제를 해결해주기만을 바라겠지만, 사실 관청에서 '담당자'가 명확하지 않다는 것은 문제가 이쪽으로 갔다가 또 저쪽으로 넘어가는 일이 반복되거나 명확한 해결책을 제시해줄 근거가 전혀 없다는 것을 뜻한다.

그러면 도대체 어떻게 해야 이 문제를 해결할 수 있을까? 우선은 소음과 관련한 법에서 '개 소음'도 소음으로 규정하여 제재할 수 있는 근거를 마련해야 할 것이고, 「동물보호법」에서도 지속적으로 개가 짖는 것을 방치하는 것 또한 '반려동물에 대한 관리 의무 위반'으로 규정하고 과태료 등을 부과하는 것이 최선일 것이다. 그렇지만 지자체별 동물보호 담당 인력이 평균 1명이라는 현재의 상황과 그마저도 담당자가 축산업 등 다른 업무와 병행하는 행정조직의 구조가 변하지 않는 한 갈등을 해결할 수 있는 적절한 법이 생겨도 문제를 해결하기는 쉽지 않다.

현장에서 사람들을 만나면 민원인과 피 민원인 모두 분노와 억울한 감정을 드러낸다. 누군가는 '개'가 좀 짖었다고 굳이 신고까지 한 사람이 야속하다고 말하고, 누군가는 이웃집 '개'가 짖는 소리에 잠에서 깨는 일이 참을 수 없는 고통이라며 울분을 토한다. 입장이 이렇게 첨예하게 대립하고, 각자에게는 정당하다고 주장하는 이유와 사정이 있으니 공무원으로서는 법도 없는 마당에 어느 한쪽의 편을 들 수도, 누구의 어려움만을 대변할 수도 없는 노릇이다.

나는 이런 일을 마주할 때마다 굳이 '법'이 존재하지 않아도 가장 기본적인 도덕을 지키기 위해 수고를 아끼지 않는 사람들의 생활이 조금 더 보호받기를 바란다. 모두가 잠드는 시간에는 청소기를 돌리지 않는 것, 지하철이나 엘리베이터 문이 열리면 사람들이 내린 뒤에 타는 것, 모두가 줄을 서서 기다릴 때는 새치기하지 않는 것, 자기 문제만 급하다고 소리치지 않는 것. 함께 살아가는 세상에서 지켜야 할 기본적인 규칙들 말이다. 평화로운 일상은 목소리가 큰 자들이 아니라 '상식'을 지키고 살아가는 사람들에게 주어져야 한다.

우리를 '사회'라는 공간을 공유하고 있는 동거인들이라고 생각해보면 쉽지 않을까. 한정된 공간에서 함께 살아가려면 다소 불편해도 참고, 배려해야 할 일들이 있는 법이다.

아기가 우는 것처럼 개는 짖는다. 짖는 것이 당연한 존재들을 두고 '성대 수술을 해서라도 조용히 시켜라' 같은 무례한 말을 늘어놓아서는 안 되며, 누군가의 동물을 해치겠다는 협박 또한 결코 해서는 안 된다. 아무리 극한의 상황에서도 사람으로서 지켜야 할 선이 있다.

이와 동시에 타인이 겪는 불편을 두고 '그 정도도 이해를 못하느냐' 식의 태도를 보여서도 안 된다. 나에게는 눈에 넣어도 안 아픈 반려견이 누군가의 신체적·정신적 고통을 유발할 수 있다는 사실을 인정해야 한다. '그렇게 불편하면 이사를 가라'고 화를 내는 대신 조금 더 조심할 수 있는 부분들을 찾고, 그럼에도 어쩔 수 없는 일들에 대해서는 정중히 양해를 구해야 한다.

존재하는 대부분의 갈등에 대한 해결책은 다른 사람의 입장을 '공감'하는 것으로부터 찾을 수 있다. 그렇지 않아도 살기 어려운 세상에 서로를 미워하고 화를 내는 일에 많은 힘을 쓰지 않았으면 좋겠다. 중요한 건, '배려는 일방적인 것이 아니다'라는 사실을 잊지 않는 것이다.

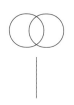

'사회적 합의'는 언제까지나
'시기상조'입니다

국회의원의 보좌진으로 일하던 어느 날, '개 식용 산업' 종사
자들이 만든 한 협회에서 연락을 해왔다. 말로만 듣던 단체
였다. 논문 자료를 수집하기 위해 참석한 컨퍼런스에서 그
들을 마주한 적은 있지만 직접 이야기를 나눠본 것은 처음
이었다.[27]

"의원님께서 제대로 된 법안만 마련해주신다면 저희는 이걸
접을 생각이 있습니다."

그들의 요구는 얼핏 간단했다. 자신들에게는 생계가 달린
업이니만큼 최대한의 보상을 받은 후에 '전업'을 하고 싶다
는 것이었다. 그들은 시대의 변화에 따라 「동물보호법」이 강

화되고, '개'라는 동물이 가졌던 이중적 지위가 '가족'과 같은 반려동물로 고정되어가고 있음을 정확히 인지하고 있었다. 그로 인해 종사자들이 설 곳이 점점 줄어들고 있다는 사실에 대해서도 말이다. 며칠 뒤, 전화를 걸어왔던 사람을 포함해 4~5명이 의원실에 방문했다. 나는 그들과 의원이 말씀을 나누는 자리에 배석했다.

종사자들의 입에서 가장 많이 나온 말은 '우리도 국민이다'라는 표현이었다. 그들은 업종을 전환하기로 의견을 모았으나 당장 일을 접기에는 피해가 막심하니 그 부분을 정부에서 보상해주기를 원했다. 그들은 또한 '개고기 산업'을 둘러싼 사회적 갈등을 방관하고 있는 정부도 이제는 이 문제를 외면하지 않고 해결해야 할 분명한 책임이 있다고 목소리를 높였다. 물론 식용 산업의 '합법화'를 위해 투쟁하는 또 다른 육견 조직을 어떻게 포섭할 것인지에 대한 뚜렷한 방안은 없었지만, 그들은 '적절한 보상안'이 마련되기만 한다면 대다수 종사자들은 합법화가 아닌 보상안 쪽으로 돌아설 것이라고 주장했다.

내가 보좌했던 국회의원은 합리적인 대화가 되는 사람들이라면 언제든 소통하기를 원했다. 문제의 해결을 위해 한 발자국 더 나아갈 수 있다면, 설령 그 선택이 본인의 지지율을 떨어뜨린다고 해도 기꺼이 총대를 메고 앞장서는 일에 거리낌이 없는 분이기도 했다. 그를 지지하는 상당수가 동물보호단체의 회원들이었으나, 그가 고수하는 '대화의 원칙'은 육견 종사자들 앞에서도 동등하게 발휘됐다. '갈등을 해결할 수 있는 다양한 방법을 고민해보겠다.' 의원이 내놓은 대답이었다.

그날 이후 나는 의원의 지시에 따라 몇몇 동물보호단체와 농림축산식품부, 환경부 등 관련 이슈의 담당자들을 만나 이야기를 나누었다. 이해관계자들의 의견을 종합적으로 청취하기 위해서였다. 이 과정에서 알게 된 사실은 '보상안'을 통한 '산업 종식 시도'가 다른 의원실에서도 몇 차례 있었다는 것이다. 물론, 이해관계자들이 논의하는 과정에서 별다른 성과 없이 무산되기는 했으나, 30년이 넘도록 이어져온 갈등을 해결하기 위해 드러나지 않는 곳에서 많은 이들이 노력하고 있었다.

동물보호단체의 의견은 크게 두 갈래로 나뉘었다. 하나는 관련 법률에서 규정하는 불법 행위를 철저히 단속·압박하면서 전·폐업을 희망하는 종사자들을 위해 '보상안도 함께 가져가야 한다'는 입장, 또 하나는 개 식용 산업의 종식이 머지않았으므로 '보상해줄 필요가 없다'는 입장이었다. 정부 측 담당자들의 의견은 조금 더 소극적이었다. 해묵은 논쟁을 해결하기 위한 조치가 필요하다는 것에는 동의하나 해당 이슈는 '사회적 합의'가 필요한 부분이므로 여전히 조심스럽다는 것이다. 며칠 뒤, 또 다른 동물단체들과 개인 활동가들의 연락이 빗발쳤다.

"의원님이 육견 종사자들을 위한 법안을 내신다는 소문이 있던데 어떻게 된 일이죠?"

명확히 정해진 바가 없었으니 대답은 한정적이었다. "종사자들이 찾아온 것은 사실이고, 의원님은 그들의 의견을 청취하셨으나 아무것도 결정된 것은 없다. 다만, 갈등을 해결하기 위한 다양한 방안을 강구하기 위해 고민을 하시는 중이다." 의원실의 공식 입장이었다. 예상했던 바와 크게 다르지 않았지만, 실제로 이러한 시도 자체에 반대 의사를 표하는 사람들이 많았다. '이미 발의된 법안 통과에 힘을 싣지는 못할망정 왜 보상안을 논의하느냐'는 불만이 쏟아졌다.

갈 길은 멀었고, 이해관계자들의 의견은 달라도 너무 달랐다. 논의 테이블에서 중심 역할을 담당해야 하는 관계자들은 '갈등을 최소화하는 방향으로 산업을 종식하는 것'에는 하나같이 동의했지만, 목표 지점까지 도달하기 위해 걸어야 하는 길 위에서 서로 다른 지도를 펼쳐 들고 있었다.

20대 국회에서는 '개 식용 종식 트로이카 법안'이라고 칭하는 세 개의 법안이 발의됐다. 「축산법」에서 가축으로 정의된 '개'를 제외하는 내용이 담긴 이상돈 의원의 「축산법」 개정안, 법률 규정에 의한 도살이 아닌 임의 도살 행위를 금지하는 표창원 의원의 「동물보호법」 개정안, 음식물류 폐기물을 동물 사료의 원료로 사용하는 행위 및 동물의 먹이로 사용하는 행위 등을 금지하는 한정애 의원의 「폐기물관리법」 개정안이다. 이상돈 의원의 「축산법」 개정안과 표창원 의원의 「동물보호법」 개정안이 통과될 경우 개 식용은 원칙적으로 금지되고 한정애 의원의 「폐기물관리법」 개정안이 통과된다면 식용을 목적으로 사육하는 개들에게 음식물쓰레기를 먹이는 행위가 금지되므로 이 역시 개 식용 종식을 한 걸음 더 앞당길 수 있다. 그러나 이 세 개의 법안은 제대로 논의조차 되지 않고 '사회적 합의'가 필요하다는 전문의원의 법안 검토 의견이 남은 채 20대 국회는 마무리되었다.

여러 의원실과 동물보호단체, 관련 부처의 의견을 종합적으로 청취하고, 국회 입법 자문관의 도움을 받아 준비했던 우리 의원실의 '개 식용 갈등 종식을 위한 특별 법안'은 초기 단계에서 중단됐다. '공론화 위원회'를 마련하여 '개 식용 산업 종식'을 둘러싼 쟁점 사항을 협의하고, 최대한 빠른 시간 안에 종사자들의 전·폐업을 유도하고자 했던 계획이 너무나 허무하게 무산되어버린 것이다.

공론은 '정제된 여론(refined public opinion)'을 의미하며 (Fishkin, 2009:4 ; 정정화 2018:5에서 재인용) 공론 과정에 참여하는 사람들이 개인적인 이해관계를 떠나 객관적이고 중립적인 입장에서 올바른 공론을 형성하는 과정에서 '공공선'이 실현될 수 있다.[28] 그러나 이를 위해서는 권위 있는 기관에서 다양한 해결 기제를 적극적으로 제시할 필요가 있다. 좀처럼 합의점이 보이지 않는 사안도 토론하고 논의하는 과정에서 새로운 안이 도출될 수 있기 때문이다.

정부의 역할은 시민사회의 아우성을 방어하는 일에만 머무르지 않는다. 사회적 갈등을 해결해야 할 책임이 있는 곳에서 팔짱을 풀고 어떠한 계획이라도 수립해보고자 할 때, 그들이 말하는 '사회적 합의'는 서서히 모습을 드러낼 것이다.

내가 일했던 의원실에서 '특별 법안'의 시도가 계속 이어졌다면 의미 있는 결과를 이끌었을까, 한 걸음이라도 더 앞으로 나아갔을까. 장담하기 어렵다. 그렇지만 해묵을 대로 해묵은 논쟁에서 '뭐라도 시도하는 편'이 '무엇도 하지 않는 것'보다는 낫다는 믿음에는 변함이 없다.

2020년 4월, 전기도살 방식으로 개를 죽이는 것은 '동물 학대'라는 대법원의 판결이 나왔다. 시간이 조금 더 걸리겠지만 어느 쪽이 승기를 잡을지는 명백한 일이다. 30년 넘도록 이어져온 싸움이 '시간을 끄는 방식'으로 진행되지 않기만을 바란다.

지금 이 순간에도 잔인하게 도살당하고 있을 동물들을 위해. 우리 법률에서 규정한 「동물보호법」의 가치를 지키고, 생명 존중의 문화를 확산하기 위해 노력하는 어느 국민들을 위해. 그리고 시대의 흐름을 읽지 못하고 그 자리에 머물러 있는 어느 국민들을 위해. 부디 '사회적 합의'라는 핑계 뒤에 숨지 말고 자리에서 일어나 뭐라도 해주기를.

지금이야말로, 당신들이 나설 차례다.

나이든 개와
사는 일

타닥타닥타닥.

아직 해가 뜨지 않은 새벽, 1층에서 들려오는 소리에 잠이 깼다. 올해로 15살이 된 포로리가 돌아다니는 소리였다. 얼마 전, 작은 종양을 제거하는 수술을 한 뒤에 눈에 띄게 움직임이 줄어든 아이였다. 평소보다 움직임이 많은 듯했지만 그리 나쁜 상황은 아닌 것 같았다. 물을 마시거나 배변을 하거나 아니면 배가 고파 돌아다니는 정도겠지. 무엇보다 출근까지는 아직 두어 시간 남아있었다. 나는 무겁게 내려앉은 눈을 핑계 삼아 두툼한 이불을 조금 더 끌어당겼다.

타닥타닥타닥.

몇 분 뒤, 포로리의 발소리가 다시 들렸다. 아까보다 걸음이 조금 더 빨라졌다. 나는 그제야 몸을 일으켜 불을 켰다. 그리고 약간은 귀찮은 듯한 목소리로 포로리를 부르며 1층을 내려다봤다. 잠시 후. 나는 단숨에 계단을 뛰어 내려갔다.

포로리는 바닥에 엎어진 채로 축 늘어진 네 다리를 파닥거리며 일어나려고 안간힘을 쓰고 있었다. 나는 서둘러 포로리를 들어 안았다. 털이 젖어있었다. 소변을 보다가 다리에 힘이 풀려 미끄러진 모양이었다. 욕실로 데려가 목욕을 시키고는 털을 말려주었다. 그리고 아무 일도 없었던 것처럼 내게 안겨있는 포로리를 가만히 들여다보았다. 함께 산 지 15년 만에 처음 겪는 일이었다. 해가 바뀔 때마다 반려견이 아니라 할머니를 모시고 사는 기분이 든다는 장난스러운 말을 하긴 했어도 나의 개가 '살아있음'으로부터 빠르게 멀어져가고 있다는 사실이 그제야 피부에 닿기 시작했다.

사람들에게 포로리의 나이를 말하면 대부분 '어이쿠, 오래 살았네'라는 반응이 돌아온다. 타인을 향한 세심한 배려를 굳이 아끼는 이들에게서는 '개의 평균 수명이 15년이라면서 요?'라는 질문 아닌 질문을 받기도 했다. 나의 시간보다 포로리의 시간이 훨씬 더 빠르게 흐른다는 것을 알고 있으면서도 노견이 된 포로리의 모습을 마주하는 건 익숙해지지 않는 일이다.

부드럽고 윤기 나던 포로리의 털은 하루가 다르게 푸석해졌다. 뒷다리는 점점 더 힘이 빠졌고 눈과 귀는 제 역할을 조금씩 내려놓았다. 마치, 태어난 지 얼마 안 된 강아지가 된 것 같았다. 배변 실수는 늘어갔고, 내가 하는 말을 좀처럼 알아듣지 못했으며, 가끔은 눈앞에 있는 나를 알아채지 못할 때도 있었다. 먼일이라고만 생각했던 일들이 그렇게 한꺼번에 다가왔다. 호기심 많고 말썽꾸러기였던 나의 개는 초점이 맞지 않는 눈으로 허공을 바라보는 시간이 많아졌고, 낯선 사람의 발소리가 들려도 더는 짖지 않았다. 새까맣게 윤이 나던 발바닥은 색이 바랬고, 때때로 방향을 잃고 멍하니 서 있기도 했다. 사랑하는 존재가 빛을 잃어가는 것을 지켜보는 일은 나에게 커다란 숙제를 안겨주는 것 같았다.

노견과 관련된 서적을 읽고, 좋은 영양제를 샀다. 산책을 위해 견모차를 주문했고, 배변 실수를 하는 포로리에게 기저귀를 채웠다. 주기적으로 고가의 건강검진을 받을 순 없었지만, 나이든 반려견을 위해 돈으로 살 수 있는 것들을 마련하는 것은 내가 할 수 있는 가장 쉬운 일이었다. 어려운 건 다음이었다. 스스로의 힘으로 밥을 먹지 못하는 포로리를 위해 일찍 일어나 밥과 약을 먹여주고, 퇴근 후에도 포로리를 돌봐야 했다. 나의 일상이 전적으로 포로리의 컨디션에 맞춰지기 시작한 것이다. 잠결에도 포로리의 거친 숨소리에 눈을 뜨는 날들이 늘었고, 잔뜩 피곤한 몸을 일으켜 한참 들여다보다가 출근을 하기도 했다. 체력적으로 힘에 부치기는 했어도 생각해보면 이것조차 내가 할 수 있는 쉬운 일에 속했다. 진짜 문제는 다음이었다. 그 많고 많은 일들 중에 가장 어려웠던 일은, 포로리가 머지않아 무지개다리를 건널 수 있다는 사실을 받아들이는 일이었다.

펫로스 증후군(Pet Loss Syndrome)이란 반려동물이 죽고 난 뒤에 겪는 상실감, 슬픔, 고통, 우울증 등의 정신적 어려움을 의미한다. 반려동물 수가 증가함에 따라 관련 장례시장이 커지고 추모 방법 또한 다양해졌으며, 다양한 매체에서 '펫로스'라는 용어도 자주 사용하고 있지만, 여전히 반려동물의 죽음에 대한 사회적 지지와 이해도는 부족한 현실이다. 이를 '인정받지 못한 슬픔(disenfranchised grief)'이라고 설명한 심리학자 밀리 코다로는 반려동물을 잃는 것 또한 우리 사회의 규범적인 슬픔의 과정(normative grief process)으로 받아들일 필요가 있다고 말한다.[29] 그에 따르면 반려동물을 잃은 사람들은 가족을 잃은 것과 같은 강도의 외상 후 장애를 겪게 됨에도 불구하고 이에 대한 공감과 인정이 부족한 사회적인 시선 때문에 '조용한 슬픔'을 맞이하게 되고, 그럴수록 그들이 받은 심리적 상처를 회복하기 어렵다.

반려동물의 죽음을 애도할 수 있는 시간을 허락하는 사업장은 얼마나 될 것이며 반려동물의 장례를 치르기 위해 휴가를 쓸 수 있는 사람들은 얼마나 될까. 그리고 반려인들이 겪는 상실감과 애도의 과정을 진심으로 공감하며 위로해줄 사람들은 얼마나 있을까. 생각해보면, 반려동물 양육 인구가 1500만이 되었다는 지금도 '펫로스 증후군'을 '인정받지 못한 슬픔'이라고 설명하는 것이 그리 어색하지 않다. 동물보호 업무를 담당하고 있는 나의 경우도 그랬다. 갑자기 상태가 나빠진 포로리를 응급실에 데러갔던 새벽, 뜬눈으로 밤을 지새우다 회사에 하루 연가를 내기로 한 아침. 차마 '개'가 아파 하루를 쉬겠다는 말을 할 수 없었던 나는 어머니가 아파서 돌봐드려야 한다는 핑계를 댄 적이 있다. '반려동물'이 아프다는 이유로는 갑자기 연가를 낼 수 없다고 정해진 것은 아니었지만 왠지 모르게 망설여졌다. 언제쯤이면 나의 동물을 돌보기 위해 일을 쉬어야겠다고 말하는 일에 나부터도 망설이지 않을 수 있을까.

나는 얼마 전부터 포로리에게 자주 작별 인사를 한다. 내가 건네는 말이 언제든 마지막 말이 될 수 있음을 받아들였기 때문이다. 부디 포로리가 고통스럽지 않은 시간을 살다가 편안한 죽음을 맞이했으면 좋겠다. 낯선 병원이 아닌 나의 곁에서. 익숙한 냄새가 나는 곳에서. 좋아하는 장난감이 있는 곳에서. 깊은 잠을 자듯이 죽음을 만나러 갔으면 좋겠다. 그리고 우리가 다시 만날 때까지 차갑거나 어둡지 않은 곳에서 외롭지 않게 있어 주었으면 좋겠다.

"고마워, 나한테 와줘서. 많이 사랑해. 우리는 언젠가 또다시 만날 거야. 알겠지?"

아무리 단단히 준비해도 포로리가 세상을 떠나는 순간, 나는 세상이 무너지는 것처럼 힘이 들 것이다. 포로리가 없다는 사실이 익숙하지 않아 몇 날 며칠을 소리 내어 울 것이고, 많이 보고 싶어 할 것이고, 한동안은 그리움에 젖어 온전한 일상을 살아가기가 어려울 것이다. 하지만 그토록 슬프고 아픈 순간에도 포로리와 만난 것을 단 한 순간도 후회하지는 않을 것이다.

'한 사람이 모든 동물을 구할 순 없어도, 동물 한 마리의 세상은 완벽하게 변화시킬 수 있다'는 문구를 본 적이 있다. 그런데 나의 경우에는 내가 포로리의 세상을 변화시켰다기보다는 포로리가 나의 세상을 완벽하게 변화시켰다고 보는 것이 더 적절한 것 같다.

그 작은 아이에게서 받은 것이 너무 많다.

동물에게도 필요한
사회적 안전망

사무실에서 꾸벅꾸벅 졸고 있는 개와 마주쳤다. 시청에 개가 들어오는 일은 흔치 않은데, 어쩐 일인지 푸들 한 마리가 복사기 옆에 자리를 잡고 앉아있었다. 옆에는 개 목줄을 꽉 쥐고 있는 노인이 있었다.

"선생님, 여기는 어쩐 일이세요?"

나의 질문에 그분은 기다렸다는 듯이 말을 쏟아냈다.

"이 개를 도저히 키울 수가 없어서 왔어요."

다짜고짜 개를 못 키우겠다고 말하는 할머니는 얌전히 자고 있던 푸들을 무릎에 앉혔다. 할머니는 작년에 할아버지가 돌아가신 후로 혼자 동물을 돌보는 일이 버겁다고 하소연을 시작했다.

"몸이 너무 아파서 산책을 도저히 못 시키겠어. 근데 얘는 꼭 산책할 때만 똥을 누려고 해서 안 나갈 수도 없고, 힘이 어찌나 좋은지 쫓아갈 수가 없어."

할머니의 한숨을 아는지 모르는지 개는 할머니의 무릎에 앉아 여유로운 낮잠을 즐겼다.

"처음엔 주민센터에 가서 좀 데려가 달라고 했더니 구청에 가보래. 구청에 가서 사정을 했는데 또 방법이 없대. 시 보호소는 길에 버려진 동물들만 들어갈 수 있다는 거야."

"네, 그렇죠."

"그래서 그냥 집에 가려고 하는데 어떤 여자 직원이 엘리베이터까지 나오더니 그러는 거야. 내 개라고 말하면 아무도 안 데려가니까, 길에서 버려진 개를 '주웠다'고 하라고."

할머니는 자신의 어쩔 수 없었던 행동에 대해 변명을 하는 듯했다.

"그래서 내가 오늘 아침에 보호소에 가서는 길에 돌아다니는 개를 주웠다고 했지. 집에 가서 있는데 꼭 죄를 지은 것처럼 너무 마음이 안 좋은 거야. 어쩔 수 없이 다시 가서 솔직하게 말하고 데리고 왔어. 그랬더니 거기선 또 시청에 가보라네."

주민센터에서 시작한 할머니의 여정이 결국 시청까지 이어졌지만, 남은 건 눈앞에서 졸고 있는 피곤한 개 한 마리와 끝내 거짓말을 하지 못해 죄책감에 휩싸인 노인뿐이었다.

비록 정해진 규정을 어기는 것이지만 구청의 이름 모를 직원은 아마 할머니에게 선의로 거짓말을 제안했을 것이다. 할머니의 사정이 하도 안타까우니까. 그런 할머니와 살아야 하는 동물이 안쓰러우니까. 본인 '개'라고 하지 말고 '버려진 개'를 주웠다고 하시라.

그런데 아마 그 직원은 유기동물 보호소에 입소한다는 것이 어떤 의미인지에 대해서는 깊게 생각해보지 않았을 것이다. 할머니의 품에 꼭 안겨있던 푸들은 한눈에 봐도 나이든 개였고, 노령견이 보호소에 있다가 좋은 가족을 만날 가능성은 지극히 낮다. 할머니의 손에서 떠나는 순간 개에게 닥칠 운명은 불 보듯 뻔한 일이었다.

원칙상 지자체에서 운영하는 동물보호소에는 유기 또는 유실된 동물만 입소가 가능하다. 보호자에게 피치 못 할 사정이 생겨 동물을 더 이상 돌보기 어려운 순간에도 지자체 보호소에 들어갈 수 없다는 이야기다. 동물에 대한 보호의 책임이 1차적으로 보호자에게 있을뿐더러 우리나라에서는 공식적으로 '동물인수제'가 시행되지 않고 있기 때문이다.

동물인수제란, 소유자가 소유권을 포기한 동물을 지자체에서 인수하여 보호·관리하는 것을 말한다. 2014년에 발표된 「동물 복지 5개년 종합계획」에서는 이러한 '동물인수제' 도입을 검토하기로 했지만, 일각에서는 이를 악용하여 의도적으로 동물을 유기하거나 보호 의무를 다하지 않는 사람들이 양심적 면죄부를 받을 것을 우려하는 목소리가 나왔다. 또한, 아직까지 한국 사회에서는 반려동물 생산과 판매 구조가 불투명하고 '개 식용' 문제 또한 해결되지 않았기에 제도의 도입이 시기상조라는 의견도 있었다.

시청에서 일하면서 보호자의 피치 못 할 사정으로 동물이 홀로 집에 남아있다는 민원을 적어도 몇 개월에 한 번씩 받았다. 현장에 나가 보면 집안은 지저분하고, 동물의 몸은 안쓰럽도록 말라있다. 악취와 개 소음을 참다못한 이웃집의 신고로 발견되는 경우가 대부분이다. 홀몸노인이었던 보호자가 사망 후 며칠 동안 방치되다가 발견되는 동물들도 적지 않다. 장례를 치러줄 사람이 없는 이의 마지막 순간을 개 한 마리가 지켰다는 사연은 동물보호단체에서 일했을 때부터 자주 접했다. 암 환자인 보호자가 반려동물을 맡길 데가 없어 '잘 부탁한다'는 편지 한 장과 함께 공공장소에 개를 묶어두었다는 기사도 자주 볼 수 있다.

'동물인수제'의 공식적인 도입이 어떤 부작용을 일으킬지 우려하는 의견에 십분 동의한다. 본래의 취지를 살리는 제도로 자리 잡을 때까지는 분명 다양한 시행착오가 있을 것이다. 그러나 수많은 우려를 껴안고서라도 조심스럽게 한 걸음씩 내디뎌야 하지 않을까?

농림축산식품부에서 시행한 「동물인수제 도입 및 추진방안 마련을 위한 연구」에 따르면, 동물인수제를 시행하고 있는 국가에서는 보호자가 동물을 포기할 수밖에 없는 여러 가지 상황에 대해 함께 고민하며 해결책을 제안하는 시스템이 마련되어있다고 한다. 예를 들어 반려동물을 포기하고자 하는 주요 원인에 맞게 상담을 진행하고, 교육하거나 어려움을 해소할 수 있도록 적절한 도움을 주는 등 우선은 사육 포기를 예방할 수 있는 프로그램을 함께 운영하는 것이다.[30] 농식품부는 2020년 1월에 발표한 「동물 복지 종합 5개년 계획」에 따라 불가피한 사유가 있는 경우 소유자가 반려동물을 지자체에 인도하는 반려동물 인수제의 법적 근거를 마련하겠다고 다시 한번 밝혔다. '동물인수제도'의 핵심은 개인이 반려동물을 포기하는 일에 죄책감을 덜어주고 수월하게 버릴 수 있도록 돕는 것이 아니라, 보호자가 스스로 '동물을 돌볼 수 없다고 판단하는 상황'을 해결하기 위해 '함께 고민하는 시스템'을 마련하는 것이다.

누군가가 한 생명을 충분히 보호하거나 돌볼 수 없을 때 "그러게, 왜 능력도 안 되면서 부모가 됐어?"라는 책망이 먼저 나오는 사회는 제대로 작동하는 건강한 사회가 아니다. 그래서 좋은 국가는 부모가 아이를 포기하지 않고 돌볼 수 있도록, 부모의 소득과 상관없이 아이가 최소한의 교육을 받을 수 있도록, 적어도 교육 기관 안에서는 차별 없는 밥상을 누릴 수 있도록 다양한 제도적 안전망을 만드는 것이다.

가족과도 같은 반려동물을 키우는 보호자에게 그에 따른 무거운 책임과 의무를 각인시키는 것은 분명 중요한 일이다. 하지만 차라리 버려져야 살아갈 기회를 얻을 수 있는 규정은 어떤 원칙과 가치를 지키기 위해 존재하고 있는 걸까. 고민이 필요하다. 동물에게도, 버려지기 전에 그들을 지켜낼 수 있는 사회적 안전망이 필요하다.

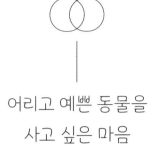

어리고 예쁜 동물을
사고 싶은 마음

지금으로부터 14년 전. 나는 인터넷에서 개 한 마리를 샀다. 25만 원이었다. 간단했다. 신발이나 가방을 고르는 것처럼. 주말에 입고 나갈 옷을 고르는 것처럼.

포털 사이트 검색창에 '강아지 분양'이라는 글자를 넣고 엔터키를 눌렀다. 그리고 맨 위에 뜬 사이트에 들어가 인형처럼 생긴 강아지들의 사진을 보며 원하는 아이를 장바구니에 담았다. 나의 선택은 A플러스 등급의 강아지였다. A등급보다 5만 원이 더 비쌌다. 주문서를 작성하고 요청 사항을 적는 칸에 나는 이렇게 적었다.

"예쁜 강아지로 부탁합니다."

며칠 뒤 판매자로부터 전화가 왔다. 지극히 사무적인 목소리였다.

"갑자기 파보바이러스가 돌아서요. 보내려던 개가 죽었네요. 며칠 기다리셔야 돼요."

그의 말투는 흡사 '예상치 못한 재료 소진으로 오늘 장사는 이만 접습니다'라고 말하는 식당 주인과도 같았다. 기운이 빠졌다. 며칠이 더 흐른 뒤, 판매자로부터 다시 전화가 왔다. 이번에는 밝은 목소리였다.

"파보가 안 뜬 녀석이 하나 있어요. 아주 예뻐요. A플러스급이에요. 내일 저녁에 집으로 가져다 드릴게요."

다음 날, 낯선 세상에 몸을 벌벌 떠는 작은 강아지 한 마리가 회색 승합차에 실려 우리 집에 도착했다. 한 손으로 안을 수 있을 만큼 작고 귀여운 시추였다. 나는 그 아이의 이름을 '포로리'라고 지었다. 애니메이션에 나오는 귀여운 다람쥐의 이름이었다.

그로부터 9년 뒤, 나는 동물보호단체에서 일하게 되었다. 당시 내가 맡은 업무는 올바른 반려동물 문화 정착을 위한 정책이나 사업에 필요한 자료를 정리하고 캠페인을 기획하는 일이었다.

오랜 시간 공부를 하며 느낀 건 이론을 바탕으로 하지 않는 현장은 힘이 없고, 현장을 알지 못하는 이론은 공허하다는 것이다. 다시 말해, 책상 앞에 앉아 제대로 일을 하기 위해서는 실제 현장을 아는 것이 중요했다. 다행히도 신입 활동가들은 단체에서 운영하는 보호소에서 며칠간 일을 해야 하는 시간이 주어졌다.

보호소에 출근하자마자 제일 먼저 해야 할 일은 한 방에 6~7마리의 동물들이 밤새 늘어놓은 배설물을 치우는 일이었다. 개들이 생활하는 방의 경우 변을 신문지로 주워 담고, 말라서 굳어버린 오줌 자국 위에 물을 희석한 소독제를 뿌린다. 그다음 바닥의 먼지를 쓸어내고 물기 있는 밀대로 닦아야 한다. 고양이들이 생활하는 방은 2~3개씩 놓인 화장실을 밖으로 꺼내 자그마한 삽으로 배설물을 퍼낸다. 그리고 방석과 담요 위에 쌓인 털을 쓸어 담고 먼지를 털어낸다.

청소를 끝내고 나면, 정량의 사료가 담긴 그릇을 준비한다. 아픈 동물들의 사료에는 수의사가 지어준 약도 함께 넣어준다. 이때, 먹성이 있는 개가 다른 친구의 사료를 탐하지 않도록 유심히 지켜보는 것이 핵심이다. 모두가 공평하게 밥을 먹을 수 있도록 보장해주는 것이다.

전투적인 아침 식사가 끝나면 물그릇에 새 물을 받아준다. 그렇게 오전 업무는 끝. 매일 최소의 인원으로 약 300마리의 동물들을 한꺼번에 돌봐야 하기에 보호소에서 근무하는 활동가들은 온종일 허리 한번 제대로 펴지 못할 때가 많다.

당시 나는 육체적으로 강도 높은 업무에 익숙하지 않았고 많은 동물을 돌보는 요령도 없었다. 업무를 시작하고 두 시간이 채 지나기도 전에 체력이 소진되어 '어디에든 눕고 싶다'는 생각만이 머릿속을 격렬하게 휘젓고 다녔다. 고작 며칠 근무하는 것만으로 온몸에 근육통이 생겨 파스를 덕지덕지 붙이기도 했다.

나의 체력과는 무관하게 점심시간이 지난 후에는 어김없이 개들의 산책 시간이 돌아온다. 해가 밝게 비추는 시간 동안 옥상이나 운동장에서 신나게 뛰어노는 시간을 주는 것이다. 이때, 동물들의 외부활동을 관리하는 사람들을 제외한 나머지 활동가들은 정해진 순서대로 동물들을 목욕시킨다. 피부병이 있는 아이들은 약용샴푸로 마사지한 후 정성껏 씻겨주고, 커다란 드라이어 밑에서 털을 보송하게 말린다. 한 사람당 몇 마리의 개를 목욕시켜주고 나면 어느새 저녁밥을 배식해야 할 시간이 다가온다. 그러면 정신없이 돌아가던 하루의 일과가 끝나간다.

땀 냄새가 잔뜩 밴 옷을 새것으로 갈아입고 퇴근할 시간이 되어서야 비로소 그곳에 있는 동물들의 모습이 하나하나 자세히 보였다.

"입양은 잘 가는 편인가요?"

바쁘게 돌아가는 낮에는 할 겨를이 없었던 질문을 선임 활동가에게 건넸다.

"작고 어린애들 그리고 품종이 있는 애들은 들어오자마자 입양도 잘 가는데, 그렇지 않은 애들은 여기에 계속 있어요."

내가 일했던 단체는 입양을 가지 못한다는 이유만으로는 안락사를 시키지 않는 정책(no kill policy)으로 보호소를 운영했다. 그래서 어린 나이에 들어와 수명을 다하고 세상을 떠나는 동물들이 더러 있었다. 보호소 한쪽에는 그곳에서 눈을 감은 아이들을 추억하는 공간도 마련되어있었다. 유난히 얌전하고, 그래서 다른 개들에게 밥을 자꾸 빼앗기는 녀석을 가리키며 나는 다시 물었다.

"쟤는 너무 얌전한데 왜 입양을 못 가는 걸까요?"

"소심해도 싫어해요. 사람들은 애교가 많은 개를 더 선호하죠."

동물도 그랬다. 작고, 어리고, 예쁘고, 밝은 성격이 아니면 좀처럼 선택받지 못했다. 생각해보니 내가 인터넷에서 개를 사겠다고 알아보았을 때도 같은 마음이었다. 돈으로 생명을 사려고 했을 때, 살아있는 동물은 이미 나의 욕망을 충족시키기 위해 존재하는 도구에 지나지 않았다.

사회학자 지그문트 바우만은 책『유행의 시대』를 통해 "현대사회의 소비지향적인 경제는 과잉공급 그리고 공급된 것들이 빠르게 노화해 결국 매력을 잃는다는 점에 의존한다"[31]고 설명한다. 다시 말해, 우리의 시장경제는 매일 넘치도록 쏟아져 나오는 상품 가운데 마음에 드는 것을 고르고 값을 지불하며 소유하는 메커니즘으로 유지된다는 것이다. 구입한 상품은 매력을 잃음과 동시에 쉽게 버릴 수 있고 언제든 값을 지불할 능력만 있다면 마음에 드는 것으로 새로 살 수 있다. 문제는, 이러한 경제논리가 '생명을 사고파는 일'에도 그대로 적용되고 있다는 것이다. 동물은 '취향'이 변했다거나 '매력'이 사라졌다는 하찮은 이유만으로 벼룩시장에 내놓을 수 있는 물건이 아닌데 말이다.

우리 법에는 2개월령 미만의 동물을 판매해서는 안 된다고 명시되어있지만, 겨우 눈을 뜨고 아장아장 걸어 다니는 아기 동물들이 유리창에 전시된 모습은 쉽게 볼 수 있다. 그렇지 않은 펫샵을 찾아내는 일이 오히려 어려울 정도이다. 동물이 태어난 날짜를 법에 저촉되지 않도록 바꿔서 적어놓는 일도 비일비재하다. 어찌 보면 당연한 일이다. 소비자들이 더 작고, 더 귀엽고, 더 어린 동물을 원할수록 판매자는 될 수 있으면 돈이 되는 물건을 들여와 팔고 싶을 것이다.

이 과정에서 일어날 수 있는 가장 큰 비극은, 심미적 기능을 상실해 '돈이 되지 않는 물건'으로 전락한 동물들이 유통기한이 다 된 식품이나 유행 지난 물건이 할인가에 판매되다가 처분되는 것처럼 안락사되거나 다시 농장으로 보내져 출산 기계로 전락하고 마는 것이다. 끊임없이 되풀이되고 있는 현실이다.

"개팔자가 상팔자라더니 그 말이 딱이네. 어떻게 사람보다 동물이 더 대우받아?"

그동안 내가 동물과 관련한 일을 해오며 사람들에게 많이 들었던 말 중의 하나이다.

정말 그럴까. 이사를 간다는 이유로, 결혼을 한다는 이유로, 아이를 낳기로 했다는 이유로, 동물이 아프다는 이유로, 나이 들었다는 이유로, 행동에 문제가 있다는 이유로 무참히 동물을 버리는 사람들이 천지인데 말이다. 애초에 동물을 돈을 주고 사는 사람들이 정당한 소비자의 위치에 자리할 수 있는 사회에서 도대체 어떠한 동물보호정책이 실효성 있게 시행될 수 있을지 나는 모르겠다.

나의 반려견은 어느새 15살이 되었다. 까맣던 눈동자는 하얗게 변했고, 좋아하는 간식을 줘도 잘 먹지 못한다. 윤기가 흐르던 털은 색이 모두 빠지고 결은 푸석푸석해졌으며, 귀가 들리지 않아 내가 이름을 불러도 바로 반응하지 못한다.

그렇지만 나는 시간이 흐를수록 나의 개가 좋아진다. 다른 사람들 눈에 예쁘지 않아도 좋으니, 인형 같지 않아도 좋으니, 배변을 가리지 못해도 좋으니, 가능한 한 아프지 말고 오래도록 함께였으면 좋겠다. 적어도 내가 알고 있는 사랑은 그런 성질의 것이다.

가장 예쁘고 반짝이는 순간에도, 가장 어둡고 힘없고 초라한 순간에도 곁에 있어주는 것. 함께하는 것. 끌어안아 주는 것. 그 대상이 사람이든 동물이든 말이다.

'가축 살처분'의 현장이
말하는 것

동물보호단체를 퇴사한 후 '한국의 동물보호운동'을 주제로
한 석사논문을 마무리했다. 그리고 대학원 졸업과 동시에
앞으로 다시는 동물보호와 관련된 일을 하지 않겠다고 다짐
했다. 나에게는 동물 운동을 업(業)으로 삼을만한 자질이나
의지가 없다고 생각했기 때문이다.

간헐적으로 느꼈던 죄책감을 덜어내고 한결 가벼워진 마음
으로 살던 중, 한 국회의원의 SNS에서 함께 일할 보좌진을
공개 채용한다는 글을 읽었다. 그는 국회에 입성하기 전부
터 정의로운 이미지로 대중들에게 잘 알려진 사람이었다.
뿐만 아니라 의원이 된 이후에도 사회적 약자와 관련된 정
책에 앞장서는 행보로 많은 사람들의 지지를 받고 있었다.

오랜 시간 동물과 관련한 일에만 매달렸던 나는 조금 더 다양한 사회적 이슈로 관심의 영역을 확장하고 싶었다.

그런데 기합이 잔뜩 들어간 상태로 국회의원실에 들어간 후 내가 처음 맡은 업무는 '가축 살처분'의 실태를 알리는 국회 토론회였다. 이미 여러 동물단체와 다른 의원실의 공동주최가 확실하게 정해진 상태였다. 선임 비서관이 내게 말했다.

"○○에서 토론회 하자던데 읽어보고 관심 있으면 의원님께 보고드려보세요."

의원실에는 상임위원회와 관련한 이슈뿐 아니라 각종 토론회의 공동주최 요청이 쇄도한다. 그래서 이를 담당할 보좌진이 의지를 가지고 의원에게 참여를 제안하는 경우가 많다. 의원실의 토론회 주최가 확정되면 담당 보좌진은 장소 대관부터 축사 작성, 보도자료 배포 등 토론회에 필요한 전반적인 사항을 맡는다. 토론회 개최를 제안하는 민간단체에서 논문이나 보고서 등 여러 자료를 의원실에 전달하지만, 토론회를 담당하는 보좌진이 직접 해당 이슈에 대해 적극적으로 공부하는 것이 토론회 이후의 정책 제안으로 이어질 때 도움이 된다.

'가축 살처분'과 관련한 토론회라니. 동물보호단체에서 일할 때 외면할 수만 있다면 피하고 도망쳐버린 이슈가 바로 '농장 동물'과 관련한 일이었으니 난감했다. '반려동물'로 일컬어지는 '개'나 '고양이'와 관련한 정책을 공부하고, 의미 있는 실천까지 이어지는 일이 1~2단계의 허들이라면 '농장 동물'의 삶을 들여다보는 일은 10단계는 더 높은 느낌이었다. 조금만 가까이 다가가도 불편했고, 힘이 들었다.

자료집에 무슨 말을 써야 할지 몰라 막막했다. 만약 개인적인 일이라면 '동물보호 활동가로서 자질 없음'에서 끝났을 테고, 나는 그 순간을 또 쉽게 외면하고 말았을 것이다. 하지만 내가 보좌하는 국회의원의 이름을 걸고 하는 토론회의 자료집에 아무 말이나 쓸 수는 없는 일이었다. 토론회가 확정된 이후부터 나는 가축 살처분과 관련한 자료를 꽤 열심히 찾아봤다. 차마 보기 어려웠던 영상들도 정지 버튼을 누르지 않고 처음부터 끝까지 눈에 담았다.

영상에는 일렬로 늘어선 소와 돼지가 온 힘을 다해 끼익끼익 소리를 내며 뒷걸음치는 광경이 나왔다. 잔뜩 겁에 질린 동물들은 하얀 방역복을 입은 사람들이 인도하는 곳으로 한 걸음, 두 걸음 내딛다가도 부리나케 도망을 치곤 했다. 온몸을 꽁꽁 싸맨 사람들의 얼굴에서는 표정 한 줌 읽을 수 없었다. 그들은 그저 도망치는 동물들을 잡기 위해 안간힘을 쓸 뿐이었다. 인간과 동물이 서로에게 못 할 짓을 하고 있는 것이 분명했다.

반려동물과 살아가는 사람들이 늘어나면서 인간의 생활공간에 가까이 자리한 동물들의 문제는 비교적 쉽게 이슈화되고 사회적 의제로 채택되고 있다. 하지만 '농장 동물'의 경우에는 사육 환경과 도축의 과정에서 여전히 많은 문제가 발생하고 있음에도 공론화가 쉽지 않은 실정이다. '소, 돼지, 닭' 같은 농장 동물 관련 사업은 사람들의 삶과 경제에 많은 영향을 미치고 있는데, 실제로 그 동물들이 살아가는 환경은 우리 일상과 그리 가깝지 않기 때문이다. 이에 더해 가축의 삶은 '원래부터' 그렇게 주어진 것이라는 인식이 농장 동물들을 둘러싼 여러 문제들을 쉽게 덮어버리는 요인으로 작용한다.

'가축 살처분'은 '질병에 감염된 동물 또는 감염이 의심되는 동물을 매립 또는 소각하는 등의 방식으로 처분하는 것'이라고 정의할 수 있다. 이는 법률에 따라 가축을 매개로 발생하는 질병의 확산을 방지하거나 생태계를 관리하기 위해 이루어진다.

'살처분'이 야기하는 문제는 크게 두 가지로 볼 수 있는데 첫째는 '동물 복지 차원'에서의 문제다. 현행법에서는 가축을 살처분하는 경우 '가스법, 전살법' 등 농림축산식품부령이

정하는 방법을 이용하여 고통을 최소화하고 반드시 의식이 없는 상태에서 다음 도살 단계로 넘어가야 하며 매몰을 하는 경우에도 그 원칙이 지켜져야 한다고 명시하고 있다. 하지만 실제로 살처분이 이루어지는 현장에서는 예산과 전문인력의 부족 등을 이유로 살아있는 동물의 '생매장'이 빈번하게 이루어지고 있다. 이 과정에서 살아남기 위해 몸부림치거나 도망치는 동물들은 폭력적인 방식으로 짓밟히거나 상해를 입고 땅속에 묻혀 숨이 끊기는 순간까지 극심한 고통을 겪게 된다.

다음으로 '인권 차원'의 문제도 빼놓을 수 없다. 국가인권위원회에서 실시한 '가축 매몰(살처분) 참여자 트라우마 현황 실태조사'에 따르면 가축 살처분 경험자의 76%가 트라우마를 겪은 것으로 조사되었다. 연구소는 가축 질병의 확산을 막기 위해 살처분에 참여했던 공무원과 수의사 등을 대상으로 '벡 우울척도(BDI)'를 이용해 우울 정도를 측정했고, 조사 대상자의 23.1%가 중우울증을 겪고 있다고 보고했다. 그러나 참여자 중 살처분 이후 정신적·육체적 건강 관련 검사나 치료를 받은 경험이 있다고 응답한 비율은 13.7%에 그쳐 국가재난상황에 참여했던 인력의 사후 관리에 대한 제도적 미흡함이 드러났다. 이는 살처분의 문제가 오직 재산상의 피해와 살처분되는 동물의 생명을 박탈하는 문제에서 그치는 것이 아닌 국가적 재난상황에 놓인 인간을 향한 구조적인 폭력으로 이어진다는 것을 분명하게 보여준다.

토론회를 준비하며 나는 자료를 찾아보고, 읽고, 정리하는 것 말고는 한 일이 없었지만, 그 일을 계기로 '농장 동물'들을 위해 내가 할 수 있는 일들을 구체적으로 생각해보게 되었다. 동물보호단체 활동가였을 때는 '고기를 먹어서는 안된다'는 단체의 원칙에 괜한 반발심이 들기도 했고, 타인의 시선 때문에 지키지도 못할 약속을 해놓고 어기는 일을 반복하며 스스로의 의지 없음을 탓하기도 했다. 하지만 온전히 나의 결정으로 시작하는 일은 대단하고 완벽한 실천이 아니어도 괜찮을 것 같다는 생각이 들었다. 그게 무엇이든 고개를 돌리고 외면하는 쪽을 선택했던 것보다는 훨씬 나을 테니 말이다.

국회에서 지자체로 직장을 옮긴 이후 나 역시 가축 살처분에 동원될 수 있는 인력이 되었다. 나는 부디 내 손으로 살아있는 동물을 땅에 묻거나 자루에 담는 일이 없기만을 바라고 있다. 그리고 나의 동료들도 그와 같은 고통을 겪지 않기를 바란다.

모든 사람들이 동물보호단체의 활동가가 되거나 거리에 나와 '동물보호'를 외칠 필요는 없다. 그저 각자의 자리에서 할 수 있는 일들을 찾아 실천하는 것으로도 충분하다. 중요한 것은 동물들이 겪고 있는 문제가 나와 내 이웃의 문제가 될 수 있다는 사실을 잊지 않는 것이다.

가축 살처분의 현장은 그곳이 결코 우리의 삶과 멀지 않으며 동물을 위하는 일이 결국 사람을 위하는 일임을 분명하게 말해준다.

무너지는 건물 안에
고양이들이 있어요

아무도 살지 않는 아파트 단지에 들어가 본 적이 있다. 낡은 건물들 사이로 누군가 버리고 간 쓰레기 더미가 제일 먼저 눈에 띄었다. 철거 일정이 잡힌 낡은 아파트에서는 왠지 모를 처연함 같은 것이 느껴졌다.

단지를 걷다 보니 곳곳에 플라스틱 용기들이 나란히 놓여있었다. 그릇 안에는 물과 사료, 그리고 작은 나뭇잎들이 들어있었다. 누군가 동물들의 밥을 챙겨주고 있는 모양이었다. 황폐한 장소에 놓인 정성은 아직 온기를 품고 있었다.

재개발이 확정된 서울의 어느 아파트 단지를 방문했던 건 몇 해 전 봄이었다. 대학원을 졸업함과 동시에 수의사들이 중심이 된 '협회'에서 아주 잠깐 일을 한 적이 있다. 그곳에서 만난 A는 정치권에서 활동한 이력이 있는 사람이었다. 그는 정치인들에게 필요한 '동물 복지 공약'을 만들어주는 일을 해왔다고 했다. 실제로 그가 업무적으로 교류하는 사람들은 대부분 특정 정당에 소속된 당원이나 위원들이었으며 몇몇 국회의원들과의 친분을 드러내기도 했다. 협회의 대표나 이사진들은 대부분 수의사였지만 핵심 사업은 A의 지휘에 따라 운영됐다.

A는 유난히 길고양이 문제에 많은 관심을 쏟았다. 스스로를 '캣대디'라고 소개하기도 했으니 말이다. 협회에서 일을 시작한 지 얼마 되지 않았을 무렵, A는 내게 그가 계획하고 있는 사업에 대해 설명했다. 그의 문제의식 자체는 명확했다. 주된 목표는 재개발·재건축이 확정된 지역의 길고양이들을 안전한 곳으로 이주하기 위한 가이드라인을 만들고, 고양이들이 살 수 있는 공간을 마련하는 것이었다. 이 일을 위해 길고양이에게 법적 지위를 부여하고, 길고양이를 구조한 후 입양을 보내는 전문가들을 양성하며, 이를 위한 교육 및 자격제도를 도입하고, 포획-수술-방사의 3단계로 되어있는 지자체 중성화 사업을 포획-검사-예방접종-수술-방사-모니터링의 6단계로 운영될 수 있도록 제안하는 등 길고양이를 체계적으로 관리하는 방안(TTVARM)[32]을 계획했다. 그의 핵심 아이디어는 서울에 있는 여러 재개발 지역의 길고양이

들을 전혀 다른 행정구역으로 이주시키는 것이었다. 구체적으로 말하면 앞으로는 물이 흐르고, 뒤로는 산이 있어 사람들의 손길이 쉽게 닿지는 않는 곳에 삶의 터전을 잃은 고양이들을 위한 공간을 마련하는 것. 그는 아이디어의 실현을 위해 특정 지역의 땅을 소유하고 있는 사람들과 여러 차례 진지한 논의를 하기도 했고, 해당 군수를 설득할 방법을 고민하기도 했다.

A가 만들고자 했던 길고양이 마을이 실재하지 않는 것은 아니었다. 대만의 '허우퉁'이나 일본의 '아이노시마' 같은 곳은 이미 길고양이가 사는 마을로 관광명소가 된 곳이었고, 우리나라에도 부산의 '청사포'나 강원도 춘천의 '효자마을' 등에서 길고양이로 인한 주민들 간의 갈등을 해결하기 위해 고양이와 공존하는 공간에 대한 인식 전환을 적극적으로 시도한 사례가 있다. 그러나 이 경우는 대부분 지역 자체에서 행정기관과 주민들의 적극적인 상호협조로 마을을 조성한 것이었다. A가 계획했던 것처럼 재개발·재건축 지역의 길고양이들을 한꺼번에 포획해 짧게는 몇 십 킬로미터, 길게는 몇 백 킬로미터 떨어진 곳에 풀어놓는 문제는 전혀 다른 차원의 일이었다.

A의 계획은 한 걸음도 내딛지 못한 채 무산됐고 그즈음 나는 이직을 했다. 이따금 길을 걷다 허물어지는 건물들을 보

며, '저 주변에도 길고양이들이 살고 있겠다'라는 생각을 하기도 했지만 거기까지였다. 재개발 지역의 고양이들은 내 머릿속에서 빠르게 지워졌다.

그로부터 조금 더 시간이 흘러, 지자체의 동물보호 업무를 담당하는 공무원으로 출근한 지 일주일이 채 되지 않았던 어느 날. 재개발 지역의 길고양이 문제를 다시 한번 마주하게 되었다.

나를 찾아온 캣맘들은 재개발 지역에 남겨진 고양이를 구조하는 문제를 둘러싸고 관계자들과 수차례 논의를 했음에도 뾰족한 합의점을 찾지 못했다며 성토했다. 그렇게 시간을 보내다가 건물이 하나둘 허물어지기 시작한 것이다. 건설회사에서는 안전사고가 발생할 것을 염려하여 공사 현장에 일반인들의 출입을 금지했으나, 캣맘들은 아직 그곳에 남아있는 고양이들을 절대 포기할 수 없다고 했다.

건설회사 측의 입장은 단호했다. 공사가 시작된 현장에는 작업자들도 보호 장비를 착용하는 등 만반의 준비를 하고 들어가는데, 캣맘들은 어두운 새벽에 맨몸으로 포획 틀을 들고 와서 고양이를 데려가니 환장할 노릇이라고 했다. 그런데 캣맘들의 입장은 더 단호했다.

"주무관님, 나는 내 목숨이 아깝지 않은 사람이에요."

다른 말이 필요 없었다. 그들은 자신의 목숨을 내던져서라도 길고양이를 구하겠다고 했다. 그리고 그건 내가 이해할 수 있는 영역의 것이 아니었다.

그렇지만 공적인 업무를 수행하는 입장에서는 타인과 사회에 피해를 끼칠 가능성이 있는 행동을 그대로 묵과할 수 없었다. 나는 두 입장을 조율하기 위해 각자가 원하는 바를 명확히 했다. 건설회사 측에서는 사람의 안전사고를 염려했고, 캣맘 측은 길고양이들의 생명을 염려했다. 그렇다면 문제는 간단했다. 자신의 목숨을 내던질 각오가 되어있는 사람들이라면 무슨 수를 써서라도 그 현장에 들어갈 테니, 최대한 서로에게 부담을 주지 않을 가이드를 마련해 조금씩 양보해야만 한다.

예컨대, 캣맘들에게는 '고양이를 포획하는 기간, 시간, 현장에 들어가는 인원, 들어올 때 착용해야 하는 보호장비'들을 구체화하여 협의안에 명시하고 이를 지키지 않아 발생하는 안전사고에 대해서는 건설회사 측에 책임을 묻지 않는 조건을 제시했다. 또한, 건설회사 측에는 캣맘들이 길고양이를 구조하는 기간만큼은 현장에서 고양이가 발견되는 즉시 시청이나 캣맘에게 연락하고, 고양이들이 다치지 않도록 협조해줄 것을 요청했다. 그렇게 서로의 요구 조건이 담긴 협의 안이 마련됐고 재개발 지역의 길고양이 구조 문제를 둘러싼 갈등은 일단락됐다.

돌이켜 생각해보니 오래전에 내가 재개발 지역에서 만났던 캣맘들 또한 자신의 목숨을 아까워하지 않을 만큼 고양이 구조에 정성을 기울였다. 그래서 어떤 이들은 출입이 금지된 곳에도 성큼성큼 들어갔고, 단 한 마리의 고양이라도 더 살리기 위해 밤낮으로 고군분투했다.

공무원으로서 내가 할 수 있는 최선을 다해 캣맘과 건설회사 측의 입장을 조율했고, 캣맘들은 문제없이 구조를 마무리할 수 있었지만 어딘가 모르게 석연치 않은 부분이 있었다. 나는 몇 년 전 해결하지 못했던 질문을 다시 그 자리에서 던져야 했다.

'재개발 지역의 길고양이 문제가 몇몇 개인들이 목숨을 던져서 해결해야 하는 일일까?'

때때로 A의 계획들이 생각났다. 그는 지나칠 정도로 낙관적이기는 했지만, 재개발 지역의 길고양이 문제를 '개인들'에게 맡겨두어서는 안 된다는 그의 목소리에는 분명 의미가 있었다. 오직 인간의 계획에 의해 길고양이들의 터전을 뺏는 것은 그 자체만으로도 폭력적인 일이 분명하고, 그 상황을 외면하여 몇몇 사람들의 무모한 구조 활동을 방관하는 것 또한 옳지 않기 때문이다.

사람은 하늘에서 떨어지는 돌을 피하고 무너진 건물을 버린 채 달아날 수 있지만, 고양이는 아니다. 몸 위로 돌무덤이 만들어지고, 건물이 폭발해도 제 공간을 지키려는 동물이기에 사람이 손을 쓰지 않으면 그 피해를 고스란히 입는다.

그러니 손을 쓰는 주체는 당연히 그 건물을 허물겠다고 결정한 사람이어야 한다. 그들이 최소한의 인간다움을 지키는 방법은 그곳에 살던 생명들을 소홀히 여기지 않는 것이라고 믿는다.

버려진 '개'를
부르는 이름, 들개

가끔 그런 상상을 한다. 어느 날 갑자기 내가 이 세상에서 사라진다면 나의 반려견들은 어떻게 될까. 만약 나를 대신해 우리 개들을 돌봐줄 사람이 없다면 포로리와 보노는 어디서 어떻게 살게 될까. 생각만으로도 가슴이 먹먹해진다.

노견인 '포로리'는 안락사될 가능성이 높다. 보호소에서는 입양 가능성이 있는 동물들에게 더 많은 시간과 비용을 쓰기 때문이다. 아직 6살밖에 되지 않은 '보노'는 새로운 가족을 찾을 수 있겠지만 넘치는 기운 탓에 파양이 되지는 않을까 걱정이 된다. 그러다 혹시라도 혼자 거리를 돌아다니게 된다면. 몇 날 며칠을 굶다가 허기진 배를 채우려고 음식물 쓰레기를 뒤지거나 나뭇잎 따위를 뜯어먹는다면. 마음 아픈 상상의 끝에는 '나의 개들이 내 품에서 편안하게 생을 마감할 때까진 꼭 건강하게 잘 살아야겠다'는 다짐이 뒤따른다.

지자체에서 위탁 운영하는 유기동물보호소는 매월 한 번씩 유기동물 관리 및 처리 실적을 시군에 보고한다. 지자체 담당자는 보호소가 제출한 서류를 통해 몇 마리의 동물이 원래 보호자에게 반환되고, 또 몇 마리가 새로운 가족에게 입양되었는지 등을 확인한 후 보조금을 지급한다. 나는 생김새도 사연도 저마다 다른 동물들이 보호소에 들어온 모습을 확인하며, 이렇게나 예쁜 아이들의 보호자는 도대체 어떤 사람들이었을지 생각해보다가 이내 그만두곤 한다. 이유가 무엇이든 동물을 버리는 사람들의 사연 같은 건 굳이 알고 싶지 않기 때문이다.

이런 표현이 합당할지 모르겠지만, 버려지자마자 보호소에 들어온 동물들은 그나마 운이 좋은 편이다. 쌩쌩 달리는 차에 치이기 전에, 어떤 사람들에게 잡아먹히기 전에, 이유 없이 해코지당하기 전에 법에서 정해놓은 기간만큼은 안전한 곳에서 깨끗한 물과 밥을 먹고 잠을 잘 수 있으니 말이다.

보호자에게 버려졌음에도 유기동물 보호소에 입소하지 못하고 산으로 도망치는 개들이 있다. 사람들은 그 아이들을 '들개'라고 부른다. 대부분의 '들개'들은 몸집이 크다. 황구나 백구처럼 시골에 가면 흔히 볼 수 있는 그런 개들인 경우가 많다. EBS에서 방영한 〈다큐프라임〉에서는 북한산 들개들의 모습을 담았다. 방송에 따르면 북한산에서 유난히 들개의 모습이 많이 포착되는 곳은 재개발 지역과 인접해 있는 산자락이라고 한다. 주택이 철거되고, 사람들은 이사를 가버리니 빈집에 덩그러니 버려진 개들이 산 위로 올라가게 된 것이다.

먹이를 찾아다니는 개의 모습이 짠하고 안타까운 등산객들은 가지고 온 음식을 던져주거나 일부러 밥을 주기 위해 산을 찾는다. 반면에 무리 지어 다니는 개의 존재 자체가 공포인 사람들도 있다. 그들은 야생에서 살아가는 개가 사람에게 병균을 옮기거나 해를 끼칠까 두렵다고 입을 모은다. 방송에 나온 북한산 국립공원의 관계자는 '들개'를 일컬어 '뉴트리아, 황소개구리, 베스' 같은 생태계 교란종이며 들개의 수가 늘어나면 야생동물의 자연스러운 유입을 막을 가능성이 높다고 말한다.

지자체에는 '들개'를 잡아달라는 민원이 많이 들어온다. 목줄 없이 개를 풀어놓은 보호자 때문에 들개로 신고당한 '마당개'들도 심심치 않게 있지만, 먹이를 찾아 인가까지 내려온 들개들이 무리지어 다니는 모습을 보고 놀란 마음에 신고를 하는 경우가 대부분이다. 들개 관련 신고가 들어오면,

나는 민원이 발생한 장소를 방문해서 현장을 살펴본 후, 개가 출몰할 것 같은 장소에 포획 틀을 설치한다. 포획 틀은 2m가 채 안 되는 길이에 무게는 30kg 정도 되는데, 먹이 냄새를 맡고 들어온 개가 틀의 중간까지 발걸음을 옮기면 문이 닫힌다.

"들개 세 마리가 여기까지 고라니를 몰고 내려와서 뜯어 먹더라니까요?"

한 아파트 관리사무소 직원의 전화였다. 인근 야산에 사는 들개들이 아파트 단지 안까지 고라니를 몰고 내려와 주차장 근처에서 잡아먹는 모습이 CCTV에 찍혔다는 것이다. 사냥의 잔해를 목격한 주민들이 소스라치게 놀라 관리사무소에 연락했고, 직원은 시에 도움을 요청했다. 며칠 뒤 나는 주민센터의 공무원들과 함께 포획 틀 설치에 나섰다. 사람들의 손길이 잘 닿지 않는 곳에 포획 틀을 설치하고, 개가 좋아할 만한 간식을 넣어두었다. 그리고 개가 잡혔다는 소식이 들릴 때까지 기다리기로 했다.

들개 포획은 생각만큼 쉽지 않았다. 경계심이 강한 동물들은 포획 틀에 들어가지 않는다. EBS 다큐멘터리에서만 봐도 틀에 들어오는 건 대부분 호기심 많은 어린 강아지들이었다. 나는 틀을 설치한 후 10개월이 되도록 한 마리의 개도 잡지 못했다.

그러던 어느 날 등산객들의 이용이 많은 관내 공원에 '들개'가 출몰한다는 민원이 들어왔다. 여느 때처럼 포획 틀을 설치하고 안에 미끼용 간식을 넣어두며 공원 관리사무소 직원과 이야기를 나누었다.

"고라니를 먹는 애들이 이런 간식으로 잡힐지 모르겠어요."

경계심이 강한 동물들이 위험을 무릅쓰고 포획 틀에 다가올 만큼 매력적인 먹이로 바꾸지 않는 한, 누가 봐도 수상한 틀에 개가 들어올 일은 없을 것 같았다. 시청에서 동물보호 업무만 20년 이상 해온 팀장님이 야생동물들은 유난히 튀김 냄새를 좋아한다고 했던 말이 생각났다. 나는 관리사무소 직원에게 순살 치킨으로 미끼를 바꿔보자고 했다. 그리고 며칠 뒤, '들개'가 잡혔다는 연락을 받았다. 한 마리도 잡지 못해 이리저리 옮겨놓기 바빴던 틀에 개가 들어오다니. 정말 튀김의 효과였을까. 그동안의 수고가 결과를 만들어냈음에도 한없이 마음이 무거웠다.

지자체의 공무원은 시민들의 안전을 최우선의 가치로 삼고 일을 해야 하는 사람이지만 아주 잠깐, 내가 괜한 짓을 한 건 아닌가 하는 생각이 들었다. 잡혔다니. 도대체 어떤 바보가 포획 틀에 들어간 거지? 직업적으로 내가 해야 할 일과는 별개로 잡혀있는 '개'의 모습이 떠올라 마음이 무거웠다.

현장에 있는 직원에게 사진을 전송받았다. 백구였다. 몸을 웅크리고 앉아있는 모습에서 그동안 녀석이 살아온 시간의 고단함이 느껴졌다. 배고픔이 경계심을 앞섰던 걸까. 아니면 굶주린 새끼들에게 먹이를 구해줘야만 했던 어미였을까. 별별 생각이 다 들었다.

동물과 관련한 업무를 하기 위해 가장 필요한 덕목 중에 하나는 감정 개입을 최대한 경계하는 것이라고 생각한다. 나는 모든 동물을 구할 수 없고, 내가 도움을 줄 수 있는 일보다 도움을 줄 수 없는 일들이 더 많기에 이 일을 계속하기 위해서는 스스로의 마음을 지키는 일이 무엇보다 중요하다. 그런데 아주 가끔 나를 지키는 일에 실패하기도 한다. 내가 잘못한 일도 아니고, 내가 어찌할 수 없는 일인데도 한없이 죄책감에 휩싸이는 것이다.

포획 틀 안에 잡혀있던 '개'는 과거 누군가에게 사랑받던 반려견이었을까. 아니면 사람에게 버려진 '개'에서 태어나 사람의 손길보다 산이 더 익숙했던 아이일까.

백구가 산에서 들개로 살고 있는 정확한 이유를 아무도 알지 못하고 그리 특별한 사연이 없을 수도 있지만, '들개'라는 이름으로 살다가 '들개'라는 이름으로 죽어야 하는 동물을 위해 마음 깊이 애도하는 시간을 가졌다. 내가 할 수 있는 일이 그것뿐이라는 사실에 한 번 더 마음이 무거워졌지만 짧고 고단했을 그 삶을 위해 무어라도 하고 싶었다.

더는 도망쳐 다니지 않기를. 사람들의 눈총을 받지 않기를. 추위와 배고픔에 떨지 않기를. 그리고 다음 생에는 충분히 행복한 존재가 되어 사랑받으며 살기를. 나의 기도가 조금이나마 닿아주기를.

몇 번을 거듭해도 좀처럼 익숙해지지 않는 어려움이다.

배수관에서 살아남은
아기 고양이

"그럼, 그냥 죽게 두라는 건가요?"

아무리 자기가 듣고 싶은 말만 골라서 듣는 게 사람이라지만, 내가 하지도 않은 말을 '그렇게 들린다'고 말하는 사람 앞에서 나는 말문이 막혔다.

"선생님, 길에서 멀쩡히 잘 살고 있는 고양이가 갈 수 있는 곳이 없다니까요."

"길에서 어떻게 멀쩡히 살아요? 손바닥만 한 애기가 어디서 뭘 먹고 살아요?"

어른 손바닥만 한 크기의 고양이를 구조해달라는 이야기였다. 원칙대로 답변은 했지만, 그 마음을 이해 못 하는 바는 아니었다. 나도 길에서 아기 고양이를 만나면 한동안 그 자리를 떠나지 못하기 때문이다.

주변에 어미는 있는지, 다친 곳은 없는지, 밥은 먹고 다니는지, 무리에서 떨어져 혼자 다니는 건 아닌지, 나의 관심이 고양이에게 해가 되지 않도록 조심히 살펴보다가 늘 애잔한 마음으로 돌아선다.

물론, 어른 고양이를 볼 때도 같은 마음이다. 여름에는 뜨거워진 아스팔트에 데진 않을지, 겨울에는 매서운 추위를 피할 데가 있는지 걱정이 된다. 부디 그 계절을 무탈하게 지나가기를, 올해도 살아남기를 마음속으로 바라곤 한다.

동물보호단체에서도 지자체에서도 길고양이를 구조해달라는 전화를 셀 수 없이 받았다. 나무에 올라가 있는 고양이, 이웃집 옥상에 올라가 있는 고양이, 어느 아파트 야외 테라스에 터를 잡은 고양이도, 누군가의 눈에는 구조해야 할 가여운 동물이었다. 동물단체와 지자체는 조직의 성격이 서로 다르지만, 동물 구조를 요청하는 민원인들의 감정은 비슷하게 흘러간다. 이런 식이다.

길을 걷다가 우연히 불쌍한 고양이를 본다. 도와주고 싶지만, 구체적인 방법은 모르겠다. 데려가고 싶지만, 현실적으로 내가 키울 순 없다. 인터넷에 검색을 한다. 114나 120으로 전화를 한다. 동물보호단체나 지자체 동물보호 담당자와 연결이 된다. 고양이를 구조해달라고 요청한다. 그러나 길에서 자생하는 고양이는 '구조'나 '포획'의 대상이 아니며 설사 구조를 한다 해도 갈 곳이 없다는 대답이 돌아온다.

좋은 마음으로 애쓴 사람은 기분이 상한다. 도대체 동물보호단체는 시민들의 후원금을 받아서 뭘 하는지 모르겠고 지자체의 공무원은 사무실에 앉아서 뭘 하는지 모르겠다. 화가 난다. 화를 낸다.

때로 길고양이를 포함한 '동물보호 업무'에서 중요하게 여겨지는 건, 얼마나 법과 규정을 정확하게 안내하고 조치했느냐가 아니라 민원인이 길고양이를 불쌍히 여기는 마음에 얼마나 성심성의껏 '공감'해주었느냐에 있다.

한 사람의 실무자로서 내가 할 수 있는 최선의 대답을 하고 나면 동물에 대한 나의 진심과 애정도를 궁금해하는 사람들에게서 의도가 빤한 질문을 받곤 한다. 그럴 때마다 나는 처음으로 아기 고양이를 구조했던 날이 생각난다.

2015년 여름, 동물보호단체에서 일할 때였다. 며칠 내내 이어진 비가 잠시 그친 어느 날이었다. 어느 집의 배수관에서 고양이 울음소리가 들린다는 내용의 전화를 받았다. 나는 동료와 함께 현장을 확인하러 갔다. 신고인이 가리키는 곳에는 기다란 배수관이 놓여있었다.

"먀아아아"

분명히 고양이였다. 정말 그 길고 좁은 배수관에 고양이가 있는 모양이었다. 옆에 서있던 신고인은 벌써 3일 정도 된 일이라고 설명했다. 배수관 밑으로 기다란 무언가를 넣어볼 수 있지 않을까 하는 단순한 생각으로 땅을 파보았지만 어림없었다.

이쪽저쪽으로 둘러보아도 나와 동료의 힘으로는 도저히 어찌할 수가 없었다. 집주인의 허락을 받아야만 배수관을 자를 수 있고 허락을 받아 자른 후에도 그 비용을 단체에서 보상해야 했으며 그건 우리가 결정할 수 있는 일이 아니었다.

우리는 계속해서 울어대는 고양이의 목소리를 달래며 사무실에 상황을 보고하고, 119에 전화를 했다. 몇 분 후 현장에 도착한 소방대원들과 함께 손바닥만 한 생명을 살리기 위해 머리를 맞댔다.

"배수관 자르는 건 문제가 아닌데 얘가 어느 위치에서 걸렸는지 몰라서 자르다가 고양이가 다치면 어떡하죠?"

현장을 살펴보던 소방대원 한 분이 말했다. 사람들의 목소리가 들릴 때마다 고양이는 더 힘차게 울어댔다. 정말 그랬다. 고양이가 어느 위치에 있는지도 확인이 안 되는데 무턱대고 배수관을 자를 수는 없었다. 그렇다고 더 지체하다가는 고양이의 생명이 위험할 것 같았다. 현장에 모인 사람들이 낡은 배수관을 둘러싸고 난감해하던 중 누군가가 배수관을 발로 세게 찼다. 그때 배수관 내부에 쌓여있던 흙이 바닥으로 툭 하고 떨어졌다.

그리고 또 한 번. 물기 가득 머금은 흙이 아래로 내려올 때마다 모두가 숨죽여 배수관을 쳐다봤다. 다시 퍽. 끊임없이 울어대던 아기 고양이 한 마리가 흙과 함께 모습을 드러냈다. 많은 사람들의 도움을 받아 겨우 구해낸 고양이에게 나는 '꼬미'라는 이름을 붙여주었다.

이후 오랜 시간 동물과 관련된 업무를 하다 보니 꼬미는 아주 '운이 좋은 고양이'였다는 걸 알게 됐다. 희미한 울음소리에 귀를 기울여준 시민이 있었고, 마침 현장에 나갈 수 있었던 활동가 두 명이 있었다. 함께 힘을 모아준 구조대원들이 있었고, 최악의 순간 배수관을 잘라도 된다고 허락한 집주인이 있었으며, 무사히 입양을 보내는 순간까지 걱정 없이 돌봄이 가능한 단체에서 보호를 했으니 말이다.

동물보호 업무를 담당하는 어느 조직이든 예산과 인력 그리고 사용할 수 있는 시간은 한정되어있다. 그리고 그 안에 자리한 모두가 각자 맡은 일을 충실히 하며 최선을 다해 일해도 모든 생명을 구하고 돌보는 일은 불가능하다. 그렇기에 무엇보다 중요한 일은 '도움의 손길이 필요한 동물'들과 '손길이 닿지 않아야 살아갈 수 있는 동물'들을 잘 구분하는 것이라고 생각한다. 그래야 사람이 동물에게 끼치는 해악을 조금이나마 막을 수 있기 때문이다.

비용을 지불하고 데려오는 반려동물도 쉽게 버리는 세상에 아무런 부담 없이 집에 들일 수 있는 길고양이는 펫샵에서 데려오는 동물보다 더 쉽게 버려진다.

불쌍하고 안타까운 마음에 무작정 집에 데려왔는데 하루가 다르게 크는 고양이 때문에 힘들다는 사람들. 아기 고양이일 때만 돌보고 몸집이 커지면 길에 돌려보내겠다는 사람들. 자녀가 고양이 한 마리를 주워왔는데 키울 수 없으니 있던 자리에다가 가져다 놓겠다는 부모들. 나는 부디 길에 사는 고양이들이 그런 사람들의 무책임한 손길로부터 멀리 달아나 몸을 숨기기를 바란다.

도심 속에서 인간과 함께 살아가는 길고양이들에게 어느 정도로 개입을 해야 하는지의 문제는 사람마다 분명 다른 선을 그어놓고 있을 것이다. 그러나 최소한 귀엽고 불쌍하다는 이유로 길고양이를 집에 데려오거나 본인의 잣대로 동물의 행복과 불행을 함부로 판단해 또 다른 개인에게 책임을 전가하는 행동을 하지 말아야 한다는 것에는 마음이 모아졌으면 좋겠다.

누군가가 말했듯 '선한 의도'는 '선한 결과'를 만들어낼 때 비로소 의미가 있다.

Part 3

동물과
인간 사이

내가 할 수 있는 일들

질문을
던지는 방향

2014년 12월 25일. 아침 일찍 대학로에 있는 한 카페로 향했다. 케이크를 만들기 위해서였다. 두 시간 남짓 공을 들여 케이크를 만들고 약속 장소를 향해 길을 나섰다. 열심히 만든 작품이 망가지진 않을까 조심스레 걸음을 재촉하는데 저 멀리서 목줄도 없이 터덜터덜 지나는 개가 눈에 띄었다.

시추. 포로리와 같은 생김새를 가진 개였다.

지친 기색이 역력한 시추는 나와 눈이 마주치자 자리에 가만히 멈춰 섰다. 이리저리 보아도 개의 보호자로 보이는 사람은 없었다. 그때는 동물보호단체에서 일하기 전이었기 때문에, 길에서 유기동물을 만나면 어떻게 행동해야 하는지 잘 알지 못했다. 내가 할 수 있는 일은 우선, 개가 다른 곳으로 도망가지 않도록 조심스럽게 다가가 다정한 말을 걸어보는 것이었다.

"안녕, 너 집이 어디야? 왜 여기에 있어?"

대답이 돌아올 리 없는 질문을 계속 건넸다. 날은 추웠고, 옆으로는 차들이 엄청난 속도로 달렸다. 행여 개가 사고를 당할까 염려스러운 마음에 쉽사리 자리를 뜨지 못했다. 일단 케이크 상자를 바닥에 내려놓고 개의 상태를 살펴보기로 했다. 피부에 병이 난 것처럼 털은 엉망이었고, 눈에는 눈곱이 잔뜩 끼어 있었다. 한눈에 봐도 길에서 생활한 지 오래된 것 같았다.

휴대폰을 꺼내 인터넷 창에 검색을 했다.

[유기동물 어디에 신고해야 하나요]

[동물구조]

[동물보호단체]

[유기견 신고]

여러 키워드를 넣어 초록 창에 나오는 결과를 살펴보다가 맨 위에 뜨는 '동물보호단체'에 먼저 전화를 걸었다. 여러 단체에 전화를 돌려보았지만 아무도 받지 않았다. 하필이면 그날이 '크리스마스'라는 사실을 잊고 있었다. 약속 시간은 점점 다가왔고, 나는 내 발 옆에 얌전히 앉아있는 개를 그냥 두고 갈 수 없었다. 다급한 마음에 119에 전화를 걸었다.

"안녕하세요, 선생님. 지금 제가 길에서 주인이 없는 개 한 마리를 발견했는데요. 여기 그냥 두면 큰일 날 것 같아서 전화드렸어요."

10여 분이 지나자 119 구조대원 두 분이 도착했다. 대원들의 손에는 커다란 그물망이 들려있었다. 혹시라도 개가 위협적인 행동을 할 경우를 대비해서 준비한 모양이었다. 그러나 시추는 동그란 눈을 멍하게 뜨고 '나는 지쳤어요'라고 말하는 듯 아무런 저항 없이 그들에게 몸을 맡겼다.

"이 개는 이제 어떻게 되나요?"

인사를 하고, 소방서로 돌아가려는 분들께 물었다.

"주인이 실종 신고를 했나 찾아봐야죠."

시추를 보내고 나는 다시 약속 장소로 향했다. 가는 길 내내 구조되던 '개'의 모습이 떠올랐다. 손에 든 케이크는 분명 가벼웠는데 내딛는 걸음은 한없이 무거웠다.

다음 날. 아무래도 어떻게 되었는지 궁금해서 다시 전화를 걸었다.

"안녕하세요. 바쁘신데 정말 죄송합니다. 제가 어제 길에서 돌아다니는 개 한 마리를 신고해서 데려가셨는데요. 혹시 어떻게 됐는지 알 수 있을까요?"

전화를 받은 분은 알아보겠다고 하더니 잠시 후 이렇게 말했다.

"그 개는 주인이 찾아갔어요. 걱정 안 하셔도 될 것 같아요."

"아, 잘됐네요."

분명 잘된 일이었다. 그런데 왜인지 모르게 마음이 가벼워지지 않았다. 별별 생각이 들기 시작했다. 인터넷에 검색해 보니, 유기동물은 정해진 시일이 지나도록 보호자가 나타나지 않으면 안락사를 시킨다는 글이 나왔다. '가족이 정말 찾아간 게 맞겠지?' 좋은 마음으로 괜한 일을 한 것은 아닌가

하는 걱정이 더해졌다.

그로부터 몇 년이 더 흘러, 이제는 내가 동물보호단체에 있으면서 유기동물 구조요청을 받게 되었을 때였다. 출근길에 만난 유기견을 데려가 달라는 시민의 전화였다. 동물보호단체는 우선 지자체 담당 부서에 연락하여 신고하도록 안내한다. 소유자를 알 수 없는 동물을 임의로 데려가는 것은 불법이기도 하고, 국가가 「동물보호법」을 제정해 동물보호에 대한 그들의 책무를 명시한 이상, 시민들은 그에 따른 예산을 계속해서 사용하는 것으로 '행정기관의 동물보호 업무'가 우리 사회에 반드시 필요한 일임을 알려주는 것 또한 중요하기 때문이다. 그러나 제보자는 이렇게 말했다.

"구청에 전화해서 데려갔다가 주인 못 찾으면요? 안락사하잖아요. 그냥 단체에서 데려가주세요."

그의 말에는 '단체라면 무조건 안락사하지 않을 것이다'라는 믿음과 함께 '지자체의 행정은 신뢰할 수 없다'라는 의미가 내포되어있었다. 단체가 동물을 데려올 수 없는 이유에 대해 거듭 설명하자 신고인은 화를 냈다.

"바쁜 와중에 좋은 마음으로 도와주려고 전화했는데, 어쩔 수 없다는 말만 반복하니 기분이 상하네요. 다음부터는 그냥 모르는 척하는 게 낫겠어요."

무작정 끊긴 전화의 수화기를 내려놓으며 그의 마음이 무엇 때문에 상한 것인지 충분히 이해할 수 있었다. 그는 유기동물을 발견하고 기꺼이 휴대폰을 꺼내 들었을 테고, 전화번호를 검색하는 시간과 수고를 들여 도움을 요청했을 텐데 돌아오는 대답은 충분히 만족스럽지 못했을 것이다. 그렇다 해도 문제를 해결하기 위해서는 '있는 그대로의 현실'을 인정하는 것이 우선이다.

『사회학적 상상력』이라는 책을 집필한 사회학자 C. 라이트 밀즈는 '개인의 문제와 사회의 문제를 구분하여 이 둘의 차이를 올바르게 인식하는 것'의 중요성을 강조했다.

동물을 쉽게 사고, 쉽게 버릴 수 있는 우리 사회의 시스템적인 문제를 몇몇 개인들의 좋은 마음으로만 해결하지 않았으면 좋겠다. 화가 나고 기분이 상할수록 그 질문을 시민단체나 개인이 아닌 정부나 국회에 던져야 한다. 개인들이 서로의 한계를 탓하는 것으로 달라질 일은 많지 않기 때문이다.

2014년의 내가 그러했듯 지금도 길에서 버려진 동물들을 만나면 안타까운 마음에 '어떻게든 해달라'고 요청하는 사람들이 많다. 그리고 그중 몇몇 사람들은 동물이 구조된 이후,

처리 과정을 듣고는 '안락사'되지는 않을까 염려하기도 한다. 참 이상한 일이다. 동물을 버린 사람은 따로 있는데 무거운 돌덩이를 마음에 안는 건 '구조를 요청한 사람들'이니 말이다.

크리스마스가 되면 나는 어김없이 대학로에서 만났던 그 개가 떠오른다. 가족들과 함께 좋은 성탄절을 보내고 있을까. 아니면, 다시 어딘가에서 혼자 길을 헤매고 있을까. 부디 전자이길 바라며 공적인 영역에서의 변화를 위해서는 어떠한 힘들이 필요한지에 대해 조금 더 고민해보기로 한다.

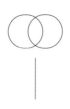

동물을 위하는 마음에는
돈이 필요하죠

동물병원에 갈 때는 내가 아파서 진료를 보러 갈 때보다 몇 배는 더 긴장이 된다. 나의 반려동물은 어디가 얼마나 아픈지 스스로 말할 수 있는 존재가 아니기 때문이다. 행여 질병의 신호를 알아채지 못하다가 심각한 수준에 이르러서야 병원을 방문하게 된 것은 아닐까 하는 생각에 덜컥 겁부터 난다. 한편으로는 '진료비'에 대한 걱정도 크다. 누군가는 가족과 같은 반려동물을 키우면서 어떻게 진료비를 걱정할 수 있냐고 따져 물을지 모르지만, 사랑하는 마음이 경제적 부담을 전부 씻어낼 수 있는 것은 아니다. 한 줌의 돈 걱정도 없이 소중한 이들을 지킬 수 있다면 정말 좋겠지만, 애석하게도 나는 그런 세상에 사는 사람이 아니다.

대학원에서 공부할 때 반려동물과 함께 사는 홀몸노인들을 인터뷰한 적이 있다. '생애과정연구'라는 세미나의 소논문을 작성하기 위해서였다. 내가 정한 주제는 홀몸노인의 '사회적 지원'에 관해서였다. 사회적 지원이란, 인간이 '가족, 친구, 지역사회 등 자신과 친밀한 관계로부터 얻는 정서적 에너지'라고 정의할 수 있다. 인간의 생애 과정 중 '노인기'는 건강 쇠퇴를 포함해 배우자와의 사별, 사회적 활동의 감소 등 여러 종류의 상실을 경험하는 시기이다.[33] 내가 정한 연구 질문은 두 가지였다. 첫 번째는 홀몸노인들이 반려동물에게서 얻는 '사회적 지원'이 일반적으로 사람들과의 관계를 통해 얻는 것과 같은 힘을 발휘하는가. 두 번째는 기초 생활 수급자로 살아가는 많은 홀몸노인들이 경제적인 어려움에도 불구하고 반려견과의 생활을 이어가고 있는 이유는 무엇인가였다.

'까미'라는 11살 노령견과 생활하던 할머니는 유난히 나의 방문을 좋아하셨다. 나는 그를 '까미 할머니'라고 불렀다. 까미는 움직임이 많지 않았는데 낯선 사람의 방문에 앙칼진 목소리를 들려줄 만큼의 기력은 있었다. 평균 1~2회로 끝난 다른 인터뷰에 비해 까미 할머니와의 인터뷰는 4회 차까지 이어졌다.

할머니는 까미와 단둘이 살게 된 지 약 2년이 되었다고 했다. 원래는 아들이 키우던 개였고, 아들이 집을 떠난 후에는 할아버지가 주로 돌봤는데, 할아버지가 돌아가신 지금은 할머니가 까미의 유일한 가족이 되어버린 것이다. 몸이 성치 않으셨던 할머니의 생활비는 노령 연금과 자매들(할머니의 표현대로라면 '잘 사는 동생들')이 조금씩 보내주는 용돈으로 채워진다고 했다.

"애 밥은 절대 안 떨어뜨려. 나는 안 먹어도 애 먹을 게 있어야 마음이 편하거든."

할머니는 까미의 사료와 간식을 사는 건 전혀 아깝지 않다고 했다. 오히려 사료가 떨어지면 쌀이 떨어졌을 때보다 더 불안하다고 했다. 그 부분은 인터뷰에 응했던 다른 노인분들도 마찬가지였다. '나는 안 먹어도 개는 먹여야 한다'라는 생각에 이견이 없었다. 그런데 그들이 입을 모아 어려움을 호소했던 건 '동물병원'에 가는 일이었다. 반려견에게 정기적으로 예방접종을 해주거나 심장사상충 약을 먹이는 것은 꿈도 못 꾸는 일이었다.

인터뷰가 2회 차 정도 지났을 때, 까미 할머니는 내게 자신의 무릎을 보여주었다. 흉터가 남아있었다. 예전에 무릎 수술을 한 적이 있는데, 언젠가부터 다시 통증이 생겼고 걸음을 내딛기가 어려워졌다고 하셨다. 그러다 1년 전쯤에는 설

상가상으로 오토바이 교통사고를 당했고, 그로 인해 까미와 산책을 자주 할 수 없을 만큼 다리가 쑤시고 아프다고 했다. 그런데 당시를 설명하는 할머니의 표정이 그리 어둡지만은 않았다.

"오토바이 사고로 내가 합의금을 좀 받았는데, 그걸로 까미 아팠을 때 수술을 시켜줬어. 얼마나 다행이었는지 몰라."

말문이 막혔다. '정말 다행이네요' 같은 말을 할 수도 없는 일이었다. 까미의 수술비는 약값을 포함해 총 120만 원이 들었다고 했다. 그마저도 할머니가 직접 까미를 데리고 충무로에 있는 동물병원까지 가서 아는 수의사에게 수술을 받았으니 그 정도 가격이 나온 것이었다. 인터뷰 내내 까미는 할머니 품에 안겨 세상 편안한 모습으로 자고 있었다.

동물 복지 차원에서 볼 때, 경제적으로 어려운 사람들은 동물을 키워서는 안 된다. 주기적인 산책 등 관리에 어려움이 있는 사람들도 동물과 함께 살아서는 안 된다. 일정 수준의 경제적 소득이 있는 사람들만, 동물이 적절한 보호와 관리를 받을 수 있도록 기본지식을 습득한 사람들만 동물을 키울 수 있도록 자격제도를 마련해야 옳다. 원칙적으로는 그렇게 해야만 동물이 학대받지 않고, 사람의 필요에 따라 이용되지 않을 수 있다.

설령 까미 할머니가 가진 모든 것을 까미에게 내어주어도 누군가의 눈에는 '동물 학대'로 보일 것이다. 그렇지만 할머니에게서 까미에 대한 소유권을 박탈하여, 경제적으로 좀 더 여유로운 양육자를 만나게 해주는 것이 절대적으로 '옳은 일'이라고 말할 수는 없는 일이다. 누구도 할머니가 하고 있는 최선의 노력을 '틀렸다'고 평가할 수 없을뿐더러 그럴 권리가 과연 누구에게 있을지 나는 모르겠다.

'돈'은 반려동물과의 관계뿐 아니라 다른 종(種)의 동물들을 위한 마음에도 절대적으로 필요하다. 본격적으로 수입이 생긴 후부터, 일반 달걀보다 2배가량 비싼 동물 복지 유정란을 구입하던 내가 매대 앞에 서서 잠시 머뭇거린 순간이 있었는데 바로 퇴사 이후였다. 휴대폰을 열어 통장 잔고를 확인하고 나니 동물 복지 상품에 더욱 손이 가지 않았다. 마트를 한 바퀴 더 돌며 고심했다. '경제적 편의'와 '동물의 복지'라는 가치를 두고 선택을 해야만 할 때, 나는 두 번 고민할 필요도 없이 '동물 복지'를 택할 수 있는 사람이 아니었다. 잠깐의 유혹을 이겨낸 후, 나는 이직을 할 때까지 다른 것을 포기하더라도 동물 복지 상품을 소비하거나 차라리 소비하지 않는 쪽을 선택하기로 했다. 하지만 '선택할 수 있는 옵션'이 있는 것 또한 어찌 보면 내가 가진 특권이었다.

'생명을 존중하는 일'은 그렇지 않은 것보다 훨씬 많은 비용이 드는 일이다. 반려동물과 함께 살아가며 그들을 제대로 돌보기 위해서는 적지 않은 돈이 필요하고, 농장 동물들의 짧은 생이 작은 틀 안에 갇혀 고통받지 않기 위해서도 더 많은 자본이 필요하다.

그러니 우리 사회가 생명을 존중하는 방향으로 나아가기 위해서는 개인의 자원에만 의존해서는 안 된다. 「동물보호법」이 정한 의무와 책임을 다하며 반려동물과 살아가는 사람들을 위해 국가 재정으로 '동물 보건소'를 운영하는 것은 어떨까. 기본적인 접종이나 진료의 혜택을 주는 것만으로도 큰 질병을 예방할 수 있을 것이다. 뿐만 아니라 동물 복지 축산 농가를 적극적으로 지원해 소비자들이 이왕이면 동물 복지 제품을 소비할 수 있도록 진입장벽을 낮추는 것 또한 개개인의 의지에 기댈 일이 아닌 제도적인 차원의 노력이 필요한 일이다.

물론 지금 이 순간에도, 생명을 존중하고 비인간 동물과의 조화로운 공존을 위해 노력하는 이들이 모두 경제적으로 윤택한 삶을 살고 있지는 않을 것이다. 어려운 상황 속에서도 스스로 좋은 선택을 하고 가치 있는 일을 실천하는 이들도 있다. 그러나 그런 소수의 훌륭한 행동에 박수를 보내기만 할 것이 아니라, 어떻게 하면 더 많은 이들이 의미 있는 선택을 할 수 있을지를 고민해야 한다.

개인의 선의와 정성이 작은 생명들을 위하는 일을 그저 칭찬하는 것보다, 돈이 없어도 누구나 함께 더불어 살아갈 수 있는 세상을 고민하는 쪽이 조금 더 바람직하기 때문이다.

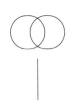

동물 등록, 몸속에 새겨진
약속의 흔적

평일 오후. 시청에서 일을 시작한 뒤 처음으로 단속을 나갔다. 동물 등록 계도기간이 끝난 이후의 집중 단속이었다. 나는 동물보호 명예 감시원들과 함께 동물의 몸속에 내장된 칩을 읽을 수 있는 리더기를 들고 관내 주요 공원을 돌아다녔다. 마침 한가로운 공원에서 개 목줄을 풀어놓고 벤치에 앉아있던 남성이 눈에 들어왔다.

"선생님, 안녕하세요. 이 개, 동물 등록 하셨어요?"

그는 내 질문에 얼굴을 찌푸렸다.

"뭐? 그게 뭐야?"

다짜고짜 반말을 하며 온몸으로 불쾌함을 표시하는 그에게 나는 다시 용기를 내서 말했다.

"시청에서 동물 등록 하셨는지 확인하러 나왔어요."

그는 거드름을 피우며 말했다.

"오늘 공원에 처음 나왔는데 왜 이래, 재수 없게?"

"동물 등록 계도기간이 끝나서요. 안 하셨으면 과태료 내서 야 해요. 선생님 개가 지금 목줄을 안 하고 있네요. 이것도 「동물보호법」 제13조 2항 위반이에요."

그는 내 말이 채 끝나기도 전에 자리를 박차고 일어나 그의 주위를 맴돌던 하얀 몰티즈에게 목줄을 채웠다.

"염병. 시청 공무원이 경찰이야? 일하는 태도가 왜 그래?"

그는 내 말투와 태도를 문제 삼으며 서둘러 자리를 떠났다. 열심히 쫓아가 계속 말을 걸어보았지만 소용없었다. 법을 위반한 사람이 시야에서 사라지는데 단속을 나온 내가 할 수 있는 일이 없었다. '뭐 이런 경우가 다 있지?' 했던 마음은 곧 체념으로 바뀌었다. 그가 유별난 경우는 아니었다.

민원을 해결하기 위해 현장에 나가거나 단속을 할 때면 내게 삿대질을 하며 죽일 듯이 달려들던 사람들이 경찰 앞에서는 순한 양이 되는 모습을 자주 목격했다. 내 앞에서는 지금 기분이 별로라며 확인을 거부하는 사람도 있었고, 시에서 해준 게 뭐가 있길래 단속을 하냐고 따져 묻는 사람도 있었다. 왜 하필 나한테만 그러느냐고 억울해하는 사람도 있었고, 한눈에 봐도 비싼 브랜드의 옷을 입고 있는 사람 중에는 동물 등록 할 돈 없다고 어깃장을 놓는 이도 있었다.

「동물보호법」 제12조에 따라 2개월령 이상의 '개'를 반려 목적으로 키우는 사람은 본인의 거주지 시군구에 동물 등록을 해야 한다. 등록대상의 동물을 소유하고서도 등록하지 않을 경우, 최대 100만 원 이하의 과태료가 부과될 수 있다.

동물 등록제의 시행 목적은 유기동물의 발생을 줄이는 것이다. 특히 동물의 몸 안에 삽입한 칩은 탈부착이 가능한 외장형 칩에 비해 훼손의 염려가 적고, 대한민국 어느 곳에서 동물이 발견되더라도 등록한 보호자의 정보를 읽어낼 수 있기 때문에 동물을 유기한 사람에게 책임을 묻거나 보호자를 찾을 가능성이 높아진다. 실제로 내장형 칩이 몸에 삽입된 동물들 중 적지 않은 수가 유기동물로 발견된다. 하지만 문제는 이 경우에도 동물을 유기한 보호자를 찾기는 쉽지 않다는 사실이다.

유기동물이 지자체에서 운영하는 동물보호센터에 입소하면 정해진 절차에 따라 일이 진행된다. 첫 번째는 '동물 등록'이 되어있는지 확인하는 일이다. 번호가 확인되면 등록된 보호자의 정보로 연락을 취하고 만약 휴대폰이 착신 정지된 경우 지자체에서 보호자의 주소지로 '유기동물 발생 알림 공문'을 발송한다. 그리고 동물의 입소 사진, 상태, 발견 장소를 동물보호관리시스템에 올린다.

실수로 동물을 잃어버린 경우, 보호자들은 대부분 입소 초기 단계에서 반려동물을 되찾아간다. 다시는 잃어버리지 않도록 주의하겠다는 서약서를 작성하고 말이다. 그러나 보호자의 휴대폰이 '착신 정지'된 상태에서 '유기동물 발생 알림 공문'까지 반송되어 돌아온다면 상황은 명백해진다. 그 동물은 몸에 칩이 삽입된 채로 버려진 것이다.

동물과 함께 산다는 건 '약속'이다. 끝까지 책임지겠다는 약속, 힘들어도 포기하지 않겠다는 약속, 너를 위해 돈을 쓰겠다는 약속, 집에 일찍 들어가 밥과 깨끗한 물을 주겠다는 약속, 귀찮아도 산책을 시켜주겠다는 약속. 피치 못 할 사정이 생겨 평생의 약속을 지키지 못하게 되었다면 또 다른 좋은 가족들을 찾아 안전하게 데려다주는 것까지가 '보호자'라는 사람들이 감당해야 할 몫이다.

서로의 인생에서 가장 중요한 사람이 되어 헌신하겠다는 약속과 선언이 없는 혼인신고서가 한낱 종이 몇 장이듯 내가 가족으로 맞이한 동물을 끝까지 책임지겠다는 약속이 없는 동물 등록은 몸속에 무엇을 가져다 넣어도 손으로도 쉽게 끊기는 목걸이보다 힘이 없다.

현재 '동물 등록'은 반려동물과 살아가는 사람에게 법적으로 책임감을 부여하고, 동물의 유실 등 혹시 모를 상황에 대비하기 위해 시행하고 있지만, 이러한 제도가 제대로 작동하기 위해서는 동물 등록을 하지 않았을 때의 페널티뿐 아니라 성실하게 수행했을 때의 혜택도 함께 고려해야 한다. 추후 동물세 납부가 시행된다면 동물 등록을 한 동물의 보호자에게는 동물 진료비 감면 혜택을 주거나 예방접종을 무료로 해주는 등의 방안을 고민해볼 수 있을 것이다. 어찌 됐든 '재수 없으면 걸리는' 수준의 제도에 머물러있으면 도달하고자 하는 목표에 다다르기 어렵다.

농림축산식품부는 반려동물을 유기한 행위를 과태료에서 벌금으로 상향 조정하는 동시에 '등록대상동물'에 해당하는 동물을 '개'뿐 아니라 '고양이'까지 단계적으로 확대해나가고 있다. 「동물보호법」이 더 정교하고 세심하게 개정되는 것은 언제나 환영할만한 일이지만, 나는 우리 법이 '처벌'의 강도를 높이기보다는 '자격'을 갖추지 못한 사람들이 동물을 키울 수 없는 방향으로 나아가기를 바란다.

지금도 누군가는 쉽게 펫샵을 찾지 않고 버려진 동물의 몸속에 새겨진 무책임한 흔적을 다시 소중한 약속으로 되돌려 놓기 위해 노력하고 있다. 그들과 그들의 동물이 부디 오래도록 함께 행복하기를 기도한다.

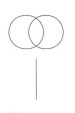

재난의 크기는
모두에게 평등하지 않습니다

'코로나 19 이전의 생활로 돌아갈 수 없을 것'이라는 전문가의 말에 숨이 턱 막혔다. 오랜 시간 마스크를 쓰고 생활한 탓에 신선한 공기를 마셔본 지가 언제인지 기억이 잘 나지 않는다. 거리에서 마주치는 사람들은 모두 눈만 내놓고 서로의 존재를 최대한 의식하지 않으며 빠르게 지나쳤고, 잔기침이라도 나올 때면 어디선가 따가운 눈총을 보내는 것만 같았다. 코로나 시국이 이어질수록 사람들은 예민해졌다. 시도 때도 없이 울리는 재난 문자에 지쳐갔고, 내가 사는 근방에 확진자가 있다는 소식을 들으면 불안에 떨었다. 예고 없이 찾아온 재난은 우리가 누리던 평범한 삶이 얼마나 값진 것이었는지를 깨닫게 했고, 도무지 끝나지 않을 것 같은 분위기 속에서 하나둘 피로감을 호소하기 시작했다.

내가 일하는 시청에서도 코로나 사태로 많은 동료들이 업무 과중에 시달렸다. 나는 청사에 들어오는 사람들의 체온을 재는 일 정도에만 투입이 됐지만, 매일같이 업무 보고를 하고, 확진자들의 건강 상태를 확인하며, 사람들이 많이 모이는 장소에 가서 '사회적 거리 두기'를 권고하는 동료들도 있었다. 특히 '안전재난과'나 '보건소'처럼 직접적인 관련이 있는 부서의 공무원들은 하루도 쉬지 못했다. 확진자 수는 날이 갈수록 늘었고, 질병을 예방하기 위해 일하는 사람들도 건강을 잃을 수밖에 없는 날들이 이어졌다.

그러던 어느 날, '안전재난과'에서 다급하게 연락을 해왔다. 코로나 확진자 부부가 급하게 입원하는 바람에 반려동물이 혼자 집에 남게 되었다는 것이다. 해당 부서에서는 이 민원을 '동물보호 업무'를 담당하는 부서에서 어떻게든 처리해줘야 한다고 말했다. 사람이 반려견에게 코로나 바이러스를 옮기거나, 반대로 반려견이 사람 또는 동물에게 코로나 바이러스를 옮길 수 있다는 정식 보고는 없었지만, 우선 조심스러운 일이었다. 우리 시에서 위탁 운영하는 유기동물 보호소에는 아프거나 다친 채로 입소해 면역력이 떨어진 개체가 많았고, 확진자들의 반려동물을 수용할만한 별도의 공간도 없었다. 또한 보호소 자체가 개인 동물병원으로 운영되었기 때문에, 아무리 지자체 위탁업체라고 해도 수의사가 거부하면 확진자의 반려견을 입소시키기는 어려웠다.

제일 큰 문제는 '매뉴얼'이 곧 생명인 공무원 조직에 '재난 시 동물을 위한 대처방법'이 담긴 매뉴얼이 없었다는 것이다. 공무원들이 지침이나 법에 정해지지 않은 일을 하는 것은 거의 불가능에 가까운 일이었고, 확진자 부부가 남겨놓은 반려동물의 관리 문제는 난항을 겪을 수밖에 없었다. 시뿐 아니라 행정 단위를 '도'로 확장해도 제시된 해결 방안이 없었다. 결국, 우리 팀에서 내놓은 최선의 방법은 지자체 위탁 보호소가 아닌 개인이 운영하는 반려동물 호텔과 동물 이동 업체에 협조를 구하는 것이었다. 확진자의 동의를 얻어 반려동물을 호텔로 옮긴 뒤, 완치 판정을 받을 때까지 업체에서 동물을 돌볼 수 있도록 연결해주는 것. 그러나 여기에서 발생하는 또 다른 문제는 비용을 부담하는 주체가 과연 누가 되느냐는 것이었다. 매뉴얼이 없으니 예산이 있을 리 만무했다.

지자체 중에는 코로나 확진자들이 치료를 받는 동안 반려동물을 보호해준 곳도 있었다. 물론, 시에서 직접 운영하는 보호소였으니 비교적 수월한 일이었겠지만 말이다.[34] 이 사례를 접한 시민들은 "어느 시에서는 반려동물을 공짜로 맡아준다는데 왜 여기는 그런 걸 안 해주느냐"고 항의했지만, 이는 특정 시군의 문제가 아닌 주관 부처에서 '재난 시 보호·관리 매뉴얼'에 동물을 적극적으로 포함하지 않았기 때문에 생긴 문제였다.

2019년에 강원도에서 큰 산불이 발생한 일이 있었다. 인명·재산 피해가 속출했기에 현장에 있던 동물들도 화를 피하지 못했다. 목줄에 묶여 오도 가도 못한 개들이 검게 탄 채 발견되기도 했고, 축사에 있던 가축들도 그 자리에서 불길에 휩싸였다. 쉽사리 진압되지 않는 화재에 사람들은 대피소로 발걸음을 향했지만, 반려동물과 함께 머물 수는 없었다. 행정안전부에서 제공하는 재난 대응 매뉴얼에 "가족 재난 계획에 동물을 포함하라"고 권고하고 있지만, "반려동물은 대피소에 들어갈 수 없다"는 내용이 명시되어있기 때문이다. 일부 시군에서 대형 산불 등 재난 시 동물을 구조할 수 있는 시스템 마련을 시도하고 있지만[35] 여전히 중앙정부 차원에서의 계획은 나오지 않는 실정이다.

몇 해 전, 나 역시 가슴을 쓸어내린 적이 있다. 우리 아랫집에서 불이 난 것이다. 이웃집의 화재를 알아차렸을 때는 이미 검은 연기가 베란다 창문을 통해 흘러들어오는 상황이었다. 이웃 주민들이 밖으로 뛰쳐나가는 소리가 들렸다. 아랫집에서 시작한 불은 윗집을 직통으로 향했고, 그 윗집의 바로 옆 옆집이었던 우리가 사는 곳까지 언제 불이 번질지 모르는 일이었다. 엄마와 나는 다급하게 옷을 챙겨 입고, 큰 담요에 포로리를 싸안고 아파트 계단을 뛰어 내려갔다. 포로리를 안은 팔이 후들후들 떨렸다. 불길이 시작된 집은 새까맣게 타버렸지만, 구조대가 빨리 도착해준 덕분에 큰 피해는 막을 수 있었다. 화재가 진압된 뒤 집에 들어가 보니 매캐한 연기가 가득했다. 몇 날 며칠 창문을 열고 환기해도 독한 냄새는 쉽게 사라지지 않았다. 만약 내가 잠이 든 채로 집에 머물러있었다면, 포로리 혼자 집에 있었더라면 우리에게도 큰일이 있었을지 모른다. 그날 이후로 나는 불이 나거나 혹 나의 반려동물을 들쳐 안고 대피해야 할 일이 생기면 어떻게 해야 하는지 종종 머릿속으로 예행연습을 해본다. 아무리 단단히 준비를 해두어도 당황하겠지만, 준비하지 않으면 오직 운에 맡겨야 할 상황이 생길 테니 말이다.

코로나 같은 질병뿐 아니라 산불, 지진, 태풍 등 자연재해가 일어날 때 인간은 늘 무력함을 실감한다. 아무리 대단한 과학 기술의 발전도 대자연 앞에서 속수무책이며, 인간이 이루어놓은 의료 기술의 틈을 정교하게 빗겨나가는 바이러스는 계속해서 생성되고 있다. 평화로운 일상이 언제 무너질지 아무도 알지 못하고, 한 번 무너진 일상이 다시 제자리를 회복하기까지는 엄청난 시간과 노력이 필요하다.

문재인 대통령은 2020년 '장애인의 날'을 맞이하여 공식 SNS 계정을 통해 다음과 같은 글을 남겼다.

"재난의 크기는 모든 이에게 평등하지 않습니다. 장애인이나 취약한 분들에게 재난은 훨씬 가혹합니다. 우리는 코로나 19를 겪으며 그 사실을 다시 한번 절감했습니다."

우리 사회가 동물을 존중해야 마땅할 생명으로 대한다면, 재난이 어느 곳에서 가장 크게, 어떤 존재를 가장 가혹하게 착취하는지에 대한 고민도 서둘러야 한다. 누구의 몫을 빼앗아 다른 생명을 구하는 일에 쓰자는 것이 아니라 위기 속에서도 인간다움을 잃지 않는 법과 '함께 살아남는 것'의 가치가 이 사회에 공유되어야 한다는 것이다. 국가적으로 어렵고 힘든 순간에 시행되는 정책의 방향이 한 사회의 결을 드러낸다고 믿는다.

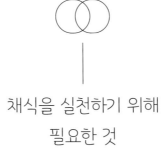

채식을 실천하기 위해
필요한 것

흥미로운 동영상을 본 적이 있다. 비거니즘[36]을 옹호하는 동물단체의 활동가들이 서울의 한 고깃집에 들어가 식사를 하는 손님들을 향해 소리치는 모습이었다.

"여러분이 먹고 있는 건, 음식이 아니라 폭력입니다!"

직원들은 당황했다. 잘 익은 고기 한 점을 이제 막 입에 가져가려던 손님들은 난데없는 외침에 '그대로 멈춰라!'가 되었다. 아주 잠시만 이야기를 들어달라던 활동가는 그를 끌어내려는 사람에게 저항하면서 호소를 멈추지 않았다.

"여러분, 폭력을 멈춰주십시오!"

나는 현장에 있지는 않았지만, 밥 한 끼 먹으러 왔다가 때아닌 폭력의 가해자 취급을 받은 사람들이 이후 어떤 반응을 보였을지는 대충 짐작할 수 있었다. 누구 한 사람 유쾌한 기분이 아니었을 것이고, 소리치는 활동가의 말에 긍정적인 반응을 보인 사람 또한 많지 않았을 것이다. 어떤 이들에게 그곳은 생활을 영위하는 일터였을 테고, 어떤 이들에게는 오랜만에 가족끼리 둘러앉아 서로의 안부를 묻는 소중한 자리였을 수도 있다. 헌법에서 '표현의 자유'를 명시하고 있는 것은 대한민국 국민이라면 자신의 생각과 의견에 대해 소리를 낼 수 있는 기본 권리를 가지고 있음을 밝히는 것이다. 하지만 '어떤 말이든 내뱉을 수 있는 자유'가 타인을 향한 분별 없는 폭력을 정당화할 수는 없다.

많은 이들이 '채식'을 실천한다. 다양한 이유에서다. 누군가는 '건강'을 위해, 누군가는 '환경'을 위해, 그리고 또 누군가는 '동물의 권리'를 위해 고기 섭취를 중단하고 가축으로부터 얻는 제품을 소비하지 않는다. 방법 또한 다양하다. 모든 육류 제품을 소비하지 않는 엄격한 단계에서부터 해산물까지는 허용하거나 유제품을 허용하는 단계도 있다. 많은 이들이 각자 자신에게 맞는 채식을 선택하고, 이를 통해 자신이 옳다고 생각하는 일을 실천하고 있다.

동물보호단체 입사를 앞두고 내가 가장 걱정했던 것은 바로

이 '채식'의 문제였다. 동물보호 업무(정확히는 반려동물보호)를 하고자 했던 동기는 오직 '개'라는 동물에 대한 관심에서 비롯되었다. 동물보호단체 면접을 보기 전까지는 '고기 없는 밥상' 같은 건 생각해본 적이 없었다. 그러나 단체 규율상 육류를 먹지 않고 해산물, 유제품 등은 먹는 '페스코' 정도는 실천해야 입사가 가능했고, 나는 울며 겨자 먹기로 육고기를 멀리해보겠다고 선언했다.

단체 활동가 중에는 엄격한 채식을 지향하는 '비건'도 있었지만, 나처럼 해산물 섭취를 허용하는 '페스코'가 훨씬 더 많았다. 내가 기억하는 한, 단체의 회식 메뉴는 대부분 '오징어'나 '두부 김치'였고 이에 불만을 제기하는 사람은 아무도 없었다. 모두가 동물보호단체의 활동가로서 지켜야 할 삶의 태도에 동의했기 때문이다. 입사 전부터 채식을 실천하던 사람도 있었고, 입사 후 처음 채식에 도전한 사람도 있었다. 그러나 아이러니하게도 이들은 때로 서로의 감시자가 되었다. "혹시 주말에 고기 먹은 거 아니냐"는 농담을 던지는 사람도 있었고, 누군가 점심 메뉴로 선택한 국수를 보고 "그거 혹시 '고기 육수'로 만든 거 아니냐"고 묻는 이도 있었다. 당혹스러운 질문을 받은 사람은 그때부터 눈을 크게 뜨고 질문한 사람이 먹는 음식을 살펴보게 된다. 마치 '그럼 당신은 정말 완벽한 채식을 실천하고 있나요?'라고 묻듯이. 엄격한 비거니즘을 지향하던 동료가 어느 날 '우유'나 '치즈'를 첨가

한 '빵'이라도 한 입 먹으면 "그분, 지난번에 보니까 우유 들어간 빵 먹던데" 하며 비아냥거리는 이도 있었다.

이러한 현상은 사실 우리가 살아가는 일상세계에서도 왕왕 일어난다. 누군가에게 'A라는 행위가 폭력임을 설명하고, 멈춰달라'고 말하면 누군가는 'B라는 행위도 폭력인데 당신은 그걸 안 하느냐'고 되묻는다. 또 어떤 이는 A라는 폭력적인 행위를 멈춰달라고 말한 사람이 사실은 C, D, E, F라는 폭력을 저지르고 있기에 'A를 논할 자격이 없다'고 말하기도 한다. 결국 A가 폭력임을 말하기 위해서는, B부터 Z까지 도덕적 흠결이 있어서는 안 되는 것이다. 유난히 '채식'과 관련한 일에서 이런 현상이 자주 나타난다.

동물보호단체에 입사한 이후, 나는 평소보다 더 많은 연어와 주꾸미를 소비했다. 치킨을 선택하지 않는 대신 참치를 먹었고, 돼지고기 대신에 새우를 먹었다. 이런 나의 모습에 지인들은, '연어는 안 불쌍하냐?' '참치도 엄청 불쌍한데' 같은 우스꽝스러운 말을 건넸지만 '페스코'라는 단서가 있는 한 어쨌든 나는 채식을 실천하고 있는 사람이었으니 괜찮겠지 싶었다. 스스로의 고민과 결심이 없는 행동이 불러온 결과였다. 내가 유지해온 평생의 습관을 깨뜨리는 수고보다 최대한 일상을 해치지 않을 수 있는 일을 찾는 편을 택했고, 내가 채식을 하는 당위성은 '착취당하는 동물을 위한 행동'

이나 '더 큰 가치'에 있지 않았다. 어떤 이들의 시선에 '트집 잡히지 않도록' 그저 나를 단속하는 수준에 머물렀다.

프랑스의 사회심리학자 로랑 베그는 '도덕적 자아'의 형성에 영향을 미치는 '동기'에 대해 설명하며 한 실험을 소개한다. 7~11세 아이들을 둔 엄마들은 자녀의 이타심을 계발하기 위해 병원에 입원한 아이들과 자녀들이 함께 놀 수 있게 했다. 아이들의 일부는 보상으로 작은 장난감을 선물 받았고, 어떤 아이들은 아무것도 받지 않았다. 이후 다시 병원에서 봉사활동을 할 기회가 생겼을 때, 장난감을 받았던 아이들은 44%가 참여 의사를 보인 반면, 아무것도 받지 않은 아이들은 100%의 참여 의사를 밝혔다고 한다.[37] 이타적인 행동을 하는 것에 '물질적 보상'이라는 외적 동기보다 '내재적 동기'가 더 큰 힘을 발휘한 것이다.

로랑 베그는 위의 실험에 대해 "보상이 일차적 목표가 된 행동은 그 보상이 사라지면 함께 사라지지만, 아무런 보상이 없이 이타적 행동을 하게 되면 그 행동이 진정으로 자기 자신에게서 우러났다고 생각하기 때문에, 마치 자기 인격을 반영하는 것과 같이 자연스럽게 이어질 수 있다"고 설명한다. 이타적 행동의 핵심은 "자기 자신을 이타적인 사람으로 생각하느냐 그렇지 않느냐"에 있다.

물론, '채식'이라는 행위는 반드시 타자화된 동물이나 생태계의 회복 같은 '이타적인 동기'에서만 시작되지는 않는다. 건강이나 종교적 신념을 지키는 등 온전히 자신을 위해 선택할 수도 있는 일이기 때문이다. 분명한 건 '외부'에서 근거를 찾는 것으로는 나에게 익숙하지 않은 행동을 지속하기 어렵지만, 내적 동기가 유발되면 이타적인 행위 역시 오랜 시간 이어질 수 있다.

'채식'이 건강이나 환경에 미치는 영향에 대한 객관적인 정보는 채식을 선택하는 하나의 이유가 될 수 있다. 공장식 축산업에서 고통받는 동물들의 모습 또한 어느 누군가에게는 채식을 선택하게 되는 충격을 안겨줄 수 있을 것이다. 그러나 '채식'이 누구에게나 쉽고 보편적인 선택지가 되기 위해서는 그 이상의 힘이 필요하다.

'채식'에 대한 높은 벽을 낮추는 방법에 대해 고민할 수 있도록 다양한 기관에서 논의를 할 필요가 있다. 일정 수 이상의 근로자가 있는 사업장에서는 일주일에 며칠만이라도 고기 없는 식단을 꾸리거나 적어도 선택할 수 있도록 하고 '대기오염을 줄이기 위해 가급적 대중교통을 이용하자'는 메시지처럼 우리 사회의 구성원들이라면 한 번쯤은 실천해야 할 당위를 부여하는 방법도 있을 것이다.

나는 아이러니하게도 동물보호단체를 퇴사한 후, 다양한 형태의 채식을 기꺼이 시도할 수 있게 되었다. 외부의 시선과 엄격한 기준에서 자유로워지면서 실천하는 일에 부담이 없었기 때문이다. 실패하면 죄책감 없이 다시 시도하면 되는 일이었고, 누군가에게 괜한 핑계를 늘어놓을 필요도 없었다. 그저 내가 할 수 있는 일들을, 할 수 있는 만큼만 하면 되는 일이었다.

작심삼일이라도 여러 번 반복하면 변화는 찾아온다. 나는 '채식'에 도전했던 이들이 고기를 섭취하는 일에 너무 큰 죄책감을 느끼거나 부담을 느끼지 않았으면 한다. 그래서 몇 번이고 시도했다가 다시 돌아와도 좋으니 한 번쯤 같이 해보자는 이야기를 편안하게 나눌 수 있었으면 좋겠다.

오늘 아침에 시도했다가 저녁에 망하더라도 "그래도 점심 한 끼는 고기 없이 먹었어"라는 이야기를 편하게 나눌 수 있도록, 조금만 더 서로의 시도에 너그러워질 필요가 있지 않을까.

결석보다는 지각이 낫다.

웃지 않을 용기

한 개그맨이 방송에 나와 그가 겪었던 일화를 말하는 중이었다. 그는 당시 상황이 떠오르는지 숨이 넘어갈 것처럼 웃었다. 대략 이런 이야기였다. 어느 날 야식을 주문했는데, 음식이 늦게 도착하는 바람에 주문을 취소한 상황이었다. 알고 보니, 오는 길에 넘어진 배달원이 아픈 다리를 절뚝거리며 개그맨의 집에 겨우 도착했고, 주문을 취소한 사실을 알리자 곤란한 얼굴로 '5,000원만 내고 먹어줄 수 없겠느냐'고 부탁을 했다고 한다. 여기까지 이야기를 했음에도 동료 출연진들의 웃음이 터지지 않자, 개그맨은 직접 일어나 그 장면을 몸소 재연했다. 배달원 흉내를 내며 다리를 절었고, 손을 앞으로 내밀며 "5,000원만"이라고 말했다. 함께 있던 동료들은 어색한 웃음을 짓다가 그를 타박했다. '그건 웃긴 이야기가 아니라 슬픈 이야기'라고 말하는 출연자도 있었지만, 대부분은 '재미없다'라는 반응을 보이며 대충 마무리되었다.

방송을 보면서, 나는 아주 오래전에 '재미있는 동영상'을 보여주겠다던 사람이 생각났다. 그가 내민 영상은 물개로 추정되는 해양생물이 머리에 플라스틱 통이 낀 채로 거기서 빠져나오려고 발버둥을 치는 모습이었다. 그는 내게 영상을 보여주며 배꼽을 잡고 웃었다.

"이게 뭐가 웃겨?"

내가 정색하자 그는 웃음기를 조금 거두었지만, 여전히 장난스러운 말투를 유지했다.

"귀엽지 않아?"

지금이었다면, "내가 네 머리에 영원히 빠지지 않는 생수통을 씌워줄 테니 귀엽게 발버둥 좀 쳐볼래?"라고 되물었겠지만, 그때 내가 할 수 있는 건 그를 따라서 웃지 않는 것뿐이었다. 누군가의 고통을 보며 진심으로 재밌어하는 사람이 내 가까이에도 존재한다는 걸, 나는 그날 알았다.

인터넷에는 동물 관련 사진이나 영상이 넘쳐난다. 사람들의 눈길을 끄는 건, 주로 일상적이지 않은 동물들의 모습이다. 무언가에 깜짝 놀란 표정을 짓는 어린 동물들을 보며 심장이 부서질 것처럼 귀엽다고 반응하거나, 사람처럼 행동하도록 훈련된 동물을 보며 끝이 보이지 않는 키읔을 늘어놓기도 한다. 내 기억에 여전히 불편하게 남아있는 콘텐츠가 하나 있다면, 까만색 매직으로 눈썹을 두껍게 그린 시골 백구가 명절에 내려온 아이들을 귀찮아하는 스토리로 연출된 사진이었는데, 무서운 '개'의 모습으로 시작했다가 마지막에는 아이들의 빗자루질에 도망치는 것으로 마무리된다. 수천 개의 빨간 하트가 눈에 들어왔다. 개의 눈두덩이에 칠한 까만 매직이 동물의 피부에 어떤 영향을 미치는지는 상관이 없는 모양이었다. 포커스는 동물과 아이들의 관계에 맞춰져 있었으니 그저 재미있고, 귀여우면 되는 거였다.

사회학자 김홍중은 "귀여움이란, 전형적으로 강자가 약자에 대해서 느끼는 감정"이라고 설명한다. 성인이 아이에게, 부모가 자식에게, 그리고 인간이 특정 동물에게 느끼는 것이라고 말이다. 또한, 귀여움을 주는 대상은 "육체적으로는 작고, 앙증맞고, 뒤뚱거리는, 가령 포유류의 새끼들이며, 정신적으로는 자신보다 어리고, 적절하게 의존적이며 호감 어린 애교나 교태를 보여주는 존재"들이다. 그리하여 상대를 '귀엽다'고 느끼는 감정은 그 대상을 돌봐주고, 먹여주고, 사랑

해주고, 또 보듬어주고 싶은 마음을 촉발한다.[38]

미디어에 노출된 동물들의 모습이 인기를 끌고 소비로 이어지는 건, 바로 이 '귀여워하는 감정'에서 비롯된다. 몇 해 전, 한 방송 프로그램에 등장한 앙증맞은 강아지가 인기를 끌자 전국 펫샵에 분양 문의가 폭주했다는 건 그리 놀랍지도 않은 일이다. 어떤 대상을 '귀엽다'고 느끼는 감정은 필시 그를 '만지고, 소유하고 싶다'는 욕망을 건드린다. 김홍중은 이에 대해 "귀여운 존재와 귀여워하는 존재 사이에는 어떤 힘의 불균형이 개입하고 있다"라고 설명하는데, 비극은 '귀여운 존재'가 더는 귀엽지 않을 때, 그리고 귀엽지 않은 존재를 '귀엽게' 만드는 과정에서 발생한다.

EBS 〈하나뿐인 지구〉라는 프로그램에 '슬로 로리스'라는 동물이 나왔다.[39] 슬로 로리스는, 나무늘보 같은 모습을 한 동물로 눈이 커다랗고 행동이 느린 것이 특징이다. 태국, 인도 등의 열대우림에서 사는데 야행성으로 낮에는 움직이지 않고 잠을 잔다. 방송 첫 장면에, 조회수가 많았던 슬로 로리스의 영상이 나왔다. 느릿느릿 손을 움직여 팝콘을 집는 모습이었다. 영상 뒤로는 사람들이 키득거리는 소리가 들렸다. 또 다른 장면은 보호자가 슬로 로리스를 간지럼 태우자 두 팔을 위로 들고 경직된 자세로 멍한 표정을 짓는 모습이었다. 사람들은 슬로 로리스의 치명적인 귀여움에 열광했다.

나 역시 영상 속 '슬로 로리스'의 모습을 보며 귀엽다고 생각했다. 앙증맞은 손과 커다란 눈은 미소가 지어질 만큼 귀여웠다. 그때 내가 중요하다고 생각했던 것은, 오직 동물을 '직접 소비'하지 않는 일이었다. 귀여운 모습의 동물 콘텐츠를 시청하는 것은 슬로 로리스라는 동물을 '사는 것'과는 전혀 다르기에 큰 문제가 없을 거라고 생각했다.

그러나 방송의 마지막 부분에서 알게 된 사실은 큰 충격으로 다가왔다. 행동이 느린 슬로 로리스에게는 적으로부터 스스로를 지킬 수 있는 무기가 있었는데, 바로 팔 안쪽에서 독이 분비되는 것이다. 슬로 로리스를 연구하는 전문가는 그들이 극도의 공포를 느끼거나, 자신을 지켜야 하는 상황에서 두 팔을 높이 들고 얼음 자세를 취한다고 설명했다. 보호자의 간지럼으로 만세 자세를 취하며 사람들에게 귀여움을 듬뿍 받았던 영상 속 진실은 슬로 로리스가 극도의 공포를 느낀다는 것이었다.

『선량한 차별주의자』의 저자 김지혜는 흑인, 장애인, 여성, 성 소수자 등 소수자 집단을 향해 던져지는 비하가 단지 '농담'인 것처럼, 사람들의 웃음을 유발하는 현상을 들어 '유머와 놀이를 가장한 비하성 표현에 정색을 하고 대응하기는 쉽지 않다'고 설명한다. 유머의 형태를 가진 언어는 그것을 쉽게 거부하지 못하게 만드는 힘이 있기 때문이다. 중요한 것은 누군가가 던진 장난이나 농담에 어떤 이들이 웃지 않는지 관심을 기울이는 것이고, 누군가에게 차별이나 폭력이 될 수 있는 농담은 그저 장난으로 넘어가지 않도록 단호히 대처하는 일일 것이다.[40]

안타깝게도 동물은 자신의 고통을 그저 '재밌고 귀여운 일'로 소비하는 사람들 앞에서 정색을 표할 수 없다. 간혹 공격성을 드러내긴 하겠지만, 대부분 팔을 높이 든 슬로 로리스처럼 사람들의 무관심과 무지로 쉽게 넘어갈 수 있는 모습일 것이다.

그러니, 누군가는 웃지 않아야 한다. 누군가는 그들의 모습 뒤에 어떠한 이야기가 생략됐는지에 관심을 기울여야 한다. 생명을 가진 이들이 느끼는 고통과 공포의 감정을 읽어내야 하고, 아무리 예쁜 포장지를 두르고 있어도 소비하지 말아야 한다. 내가 무심코 누르는 '좋아요'를 받기 위해 누군가는 오늘도 동물들을 괴롭히고 있을지도 모른다.

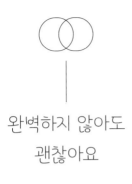

완벽하지 않아도
괜찮아요

내가 동물 관련 정책에 관심을 갖게 된 이유는 지극히 개인적인 동기였다. 나의 반려동물이 소중했기 때문이다. 포로리와 대중교통을 이용하다가 승차 거부를 당한 적도 있고, 산책길에 목줄을 착용하지 않은 이웃의 개 때문에 갈등이 불거진 적도 있었다. 비싼 동물병원 진료비 때문에 곤란했던 적이 있고, 반려동물과 함께 갈만한 곳이 없어서 고민할 때도 많았다. 결국, 내가 살아가고 있는 사회에서 나의 반려동물과 함께 행복하기 위해서는 '동물을 위한 일들'에 관심을 기울어야 했다. 그게 전부였다. 우리나라의 「동물보호법」은 어떤 내용을 담고 있는지, 반려동물을 위해 필요한 동물 정책은 무엇이 있는지 고민하고 공부해야만 했던 이유는 오직 '나의 개' 때문이었다.

그런데 내 자식이 귀하다 보니 다른 사람의 자식들도 귀하게 느껴졌다. 우리 포로리 같은 아이들이 해마다 10만 마리나 버려지고 있다는 사실에 화가 났고, 살아있는 생명을 학대하는 이들에게 분노했다. 관심의 영역을 확장하다 보니 종(種)이 다른 동물들에게도 시선이 갔다. 따뜻한 침대 위에서 내 자리를 마음껏 차지해가며 잠을 자는 포로리만큼은 아니더라도, 살다 가는 생의 순간들이 괜찮기를 바라는 마음이 들었다. 그렇지만 또 그게 전부였다. 동물을 위하는 일을 하면서도 나는 인간중심주의[41]적인 사고를 크게 벗어나지 못하는 사람이었으니 말이다.

석사 과정 2학기 때의 일이다. '환경 사회학'이라는 세미나를 들었다. 그 세미나를 계기로 나는 '동물보호'라는 주제에 더 깊게 몰두하기 시작했다. 수업을 진행하던 교수님은 '환경 사회학'과 '농촌사회학' 분야를 연구하는 분이었다. 그래서인지 동물 복지 축산업에도 많은 관심을 보였다.

"이소영은 '인간중심주의'에 대해 어떻게 생각해요? 본인은 동물을 좋아하잖아."

교수님이 갑작스러운 질문을 던졌다. 흠. 인간중심주의가 뭐였더라. 교수님의 질문에 내가 어떤 대답을 했는지 잘 기억이 나지 않는 건 아마 나의 대답이 우리 포로리가 짖는 소리보다 덜 명확했기 때문이었을 것이다. 그런데 이상하게도 세미나가 끝날 때쯤, 교수님이 하신 말씀은 오래도록 내 기억 속에 남아있다.

"나는 우리가 '인간중심주의'를 극복할 수 있다고 생각하는 것 또한 인간의 오만함이라고 생각해요. '신중한 인간중심주의'라는 말은 어떨까."

'인간중심주의'라는 것이 인간의 관점과 기준에 따라 무엇이 중요하고, 무엇이 덜 중요한지를 해석하는 태도라면 그래서 어떠한 사실을 판단하는 기제가 오직 인간을 중심으로 하는 사고에서 비롯되는 것이라면, '신중한 인간중심주의'는 그 과정을 다시 한번 의심하고, 두드려보는 일이 될 것이라고 하셨다. 인간이 인간으로 존재하는 이상 '벗어날 수 없는 한계'가 있음을 지적하신 것이라 이해하고 있다.

이와 같은 맥락에서 인간중심주의를 '폐쇄적 인간중심주의'와 '개방적 인간중심주의'로 나누어 설명하는 연구도 있다. '폐쇄적 인간중심주의'가 '인간이 자연을 지배하고 착취하는 것을 정당화하며, 인간 이외의 존재를 타자화하고 오직 자연을 도구로 사용하는 것을 합리화하는 태도'를 말한다면, '개방적 인간중심주의'는 "인간의 관점에서 사고할 수밖에 없는 인간의 인지적 숙명을 솔직하게 시인하며 우리의 사고가 '전지적' 시점이 아닌 '인간적' 시점에서 수행됨을 겸허히 받아들이는 태도"를 말한다.[42] 다시 말해, 우리가 수많은 시간을 들여 아무리 이해의 영역을 확장해도 우리는 '개'가 아니고 '고양이'가 아니며 어떠한 현상도 인간의 관점에서 벗어나 이해하는 일은 불가능할 것이다. 그러니 중요한 것은 한계를 완전히 뛰어넘는 것이 아니라 인간인 우리의 내연을 한 뼘씩 확장하는 일이다.

동물보호 업무를 하다 보면 늘 인류애가 바닥을 친다. 분명 '동물을 위하는 마음'은 같은데도 자신의 방법만 옳다고 주장하는 사람들이 많기 때문이다. 길고양이가 로드킬을 당할 우려가 있으니 밥자리를 조금만 옮겨달라는 부탁에도 그 자리가 아니면 절대 안 된다고 고집을 부리는 이도 있으니 때로 동물을 위하는 건지, 동물을 위한다고 믿는 스스로를 위하는 건지 모를 일들이 많다. 그렇지만 결국 인간과 비인간 동물의 조화로운 공존을 위해 필요한 건 인간이 인간다움을 회복하려는 노력에서 비롯될 것이다. 다른 종(種)이 처한 환경에 대해 고민하는 과정과 서로의 말을 경청하고 힘을 모아 문제를 해결해나가는 곳에서 우리는 조금 더 나은 답을 찾을 수 있다.

내가 동물을 위해 실천하는 일들이란 아주 작고 사소한 것들이다. 고기 섭취를 조금이라도 줄이는 것. 멀리하기 쉬운 가공육은 더 많이 줄이는 것. 가능하다면 동물 복지 제품을 소비하는 것. 펫샵에 가지 않는 것. 동물 쇼를 보지 않는 것. 유기동물 보호소에서 봉사하는 것. 「동물보호법」 개정을 위해 일하는 정치인을 지지하는 것. 누가 보든지, 보지 않든지 기꺼이 할 수 있는 일들은 이 정도다. 일상의 습관이 되어 큰 부담이 되지 않는 일들이기도 하다.

동물 운동의 최전선에서 인생을 걸고 투쟁하는 것은 분명 가치 있는 일이지만, 모든 사람이 활동가가 될 필요는 없다. 그저 자신의 자리에서 한 걸음씩 나아가 시야를 넓히면 된다. 나는 그런 마음가짐으로 살아가고 있다.

문학 평론가 신형철은 『정확한 사랑의 실험』이라는 책에서 "우리는 '타인은 단순하게 나쁜 사람이고 나는 복잡하게 좋은 사람'이라고 믿지만, 우리 모두가 대체로 복잡하게 나쁜 사람"이라고 말한다.[43] '우리 모두가 대체로 복잡하게 나쁜 사람'이라는 것을 받아들이는 일은 동물을 위하는 일들에도 꽤 큰 힘을 발휘한다.

스스로 할 수 없는 일들을 고민하는 것보다 할 수 있는 일들에 집중하는 편이 훨씬 낫다. 동물을 좋아하지만 실천이 어렵기만 한 사람들이 완벽하지 않은 한 걸음을 내딛기를 바라는 마음이다.

국회의원 시절, 블라인드 방식으로 정책 비서관 직을 수행할 보좌진을 공개 채용했다. 학력, 경력, 성별을 묻지 않고 사진도 요구하지 않은 채 자기 소개서와 포부, 각오를 밝힌 글로 1차 선발을 하고 면접을 통해 최종 합격자를 선발했다. 당시 최종 선발된 보좌진이 첫 인사 자리에서 내게 물었다.

"왜 절 뽑으셨어요?"

변호사, 보좌관 경력자, 박사 등 화려한 경력의 경쟁자들이 많았다는 걸 알고 있었던 그는 대학원을 거쳐 시민단체 상근직 경력이 전부여서 선발될 것을 전혀 예상치 못했다고 했다.

그의 글과 말에 담긴 네 가지가 그 이유였다. 동물 사랑, 진솔함, 당당함 그리고 소통 능력. 개·고양이 식용 금지 등 「동물보호법」 개정을 추진하던 나는 이 네 가지를 갖춘 보좌진이 필요했다.

그는 기대대로 열정적이고 유능하게 동물보호 입법과 정책 업무를 해냈다. 「동물보호법」 개정을 반대하는 개 식용 산업 종사자들로부터 밤낮으로 쏟아지는 폭언과 욕설, 섬뜩한 협박이 담긴 전화와 이메일을 받으면서도 불평 하나 없이 일을 처리해냈다. 이견과 갈등이 심해서 한자리에 같이 앉

기조차 힘든 동물보호단체 대표들과 개 식용 산업 관계자들 사이에서 타협안을 도출하기 위해 적극적으로 대화하는 노력도 포기하지 않았다. 그가 바로 이 책을 쓴 이소영 작가다.

결국 절반의 성공만을 거두고 국회를 떠나게 되었지만 이소영 작가는 여전히 지자체에서, 그리고 이제 책을 통해 동물 사랑을 실천하고 있다. 동물을 좋아하는 마음을 넘어 우리에게 필요한 한 가지, '동물에 대한 인간의 예의'. 작가가 입법 현장에서 온갖 어려움과 위험을 견디며 간직했던 마음과 생각이 바로 이것이었구나, 고개를 끄덕이게 된다. 부디 많은 분들이 읽고 우리와 공존하는 지구 마을의 이웃, 친구 동물들에게 최소한의 예의를 갖추는 인류로 진화하길 기대한다.

표창원 전 국회의원·작가·표창원범죄과학연구소장

주

01   피터 싱어(Peter Singer), 『동물 해방』, 연암서가, 2017, p.55

02   채널A 뉴스, '대치동 물범탕'의 진실…일부 건강원, 효능 과장, 2018.11.03 방송

03   정재승, 『열두 발자국』, 어크로스, 2018, "우리는 왜 미신에 빠져드는가", p.166-168

04   경향신문, "정도언의 마음읽기: 부적, 해구신, 그리고 프랑스 요리", 2010.06.29

05   마고 드멜로(Margo DeMello), 『동물은 인간에게 무엇인가』, 공존, 2018, p.157

06   멜라니 조이(Melanie Joy), 『우리는 왜 개는 사랑하고 돼지는 먹고 소는 신을까』, 모멘토, 2011, p.15-16

07   마고 드멜로(Margo DeMello), 『동물은 인간에게 무엇인가』, 공존, 2018, p.179

08   신형철, 『슬픔을 공부하는 슬픔』, 한겨레출판, 2018, "해도 되는 조롱은 없다", p.217

09   HARC(The Hoarding of Animals Research Consortium), 2006, "Animal Hoarding: Structuring interdiscplinary response to help people, animals and community at risk."

10   임희섭, 『집합행동과 사회운동의 이론』, 고려대학교 출판부, 1999

11   이용숙 외 4인, 『인류학 민족지 연구 어떻게 할 것인가』, 일조각, 2012

12   헤럴드경제, "반려견 놀이터 어디 없나요?", 2019. 11. 26
      티브로드, "〈서울〉 주민 반발 속 반려견 놀이터, 뒤늦은 공사 중단",
      2020. 1. 29

13   고영주·조기환·김우찬, 2019, "서울지역 녹지서비스의 환경형
      평성 분석 - 중구, 성동구, 동대문구를 사례로" 환경조경학회지
      47(2):100-116

14   김지혜, 『선량한 차별주의자』, 창비, 2019, p.35

15   「동물보호법」 제3조(동물보호의 기본원칙) 누구든지 동물을 사육·관리
      또는 보호할 때에는 다음 각 호의 원칙을 준수하여야 한다.
      1. 동물이 본래의 습성과 신체의 원형을 유지하면서 정상적으로 살 수 있도
         록 할 것
      2. 동물이 갈증 및 굶주림을 겪거나 영양이 결핍되지 아니하도록 할 것
      3. 동물이 정상적인 행동을 표현할 수 있고 불편함을 겪지 아니하도록 할 것
      4. 동물이 고통·상해 및 질병으로부터 자유롭도록 할 것
      5. 동물이 공포와 스트레스를 받지 아니하도록 할 것

16   지의류: 식물균류와 조류의 공생체. 균류는 조류를 싸서 보호하고
      수분을 공급하며, 조류는 동화 작용을 하여 양분을 균류에 공급한
      다. (네이버 사전)

17   '길고양이'는 길에서 '자생하는' 동물임에도 야생동물로 정의하고 있
      지 않은데 길고양이와 관련한 '애매한' 정책들은 길고양이의 '애매한
      법적 지위'에서 비롯된 일이라고 할 수 있다.

18   한국도로공사 보도자료, 2018, "고속도로 로드킬 5~6월 최다…이렇
      게 대응하세요!"

19   문화체육관광부·농촌진흥청, 2018, "2018년, 반려동물에 대한 인식
      및 양육 현황 조사보고서"

20   농림축산식품부, 2016, "반려동물 연관 산업 분석 및 발전 방향 연
      구"

21   Archer, 1997, "Why do people love their pets?", 『Evolution and

Human Behavior』, Volume 18, Issue 4, July 1997, p. 237-259

22 「동물보호법」시행령 제3조(등록대상동물의 범위)

23 김희경,『이상한 정상 가족』, 2017, p. 10

24 TNR: TNR이란 포획(Trap), 중성화(Neuter), 방사(Return)의 약자로 길고양이를 포획하여 중성화 수술 후에 제자리에 방사하는 것을 말한다. 이는 각 지자체에서 길고양이의 개체 수를 효과적으로 관리하기 위해 시작된 사업이며 미국, 유럽 등에서도 길고양이를 관리하는 방법으로 알려져 있다.

25 김수진, 「애완견 관리에 관한 법적 문제」, 2003, 한국법제연구원

26 KBS, 사람 잡는 개 소리, '층견소음'…"미칠 것 같아요" 2019. 11. 13

27 '육견 협회'는 크게 두 개의 조직으로 나뉘어 '개 식용 산업 종식에 따른 보상안 마련'과 '개 식용 합법화'라는 서로 다른 목표를 위해 활동한다고 알려진다. (이소영, 2018, "한국 동물보호운동의 성장과 프레임 확장에 관한 연구:반식용(反食用) 프레임을 중심으로.") 고려대학교 사회학과 석사논문

28 정정화, 2018, "공론화를 통한 사회적 합의형성의 성공조건", 한국정책과학회학보 제22권 제1호

29 Cordaro, Millie. 2012, "Pet Loss and Disenfranchised Grief: Implications for Mental Health Counseling Practice", Journal of Mental Health Counseling; Vol. 34 Issue 4, p. 283-294

30 농림축산식품부, 「동물인수제 도입 및 추진방안 마련을 위한 연구」, 2017

31 지그문트 바우만(Zygmunt Bauman),『유행의 시대』, 2013, p. 27

32 TTVARM은 길고양이를 포획(Trap)한 후에 검사(Test)와 예방접종(Vaccinate), 불임수술(Alter)을 거치고 방사(Release)해 지속적으로 관찰(Monitor)하는 것으로 길고양이 개체 수 조절뿐 아니라 동물 복지 차원의 관리를 위해 실시하는 정책이라고 할 수 있다. 이미 미국 및

국내 동물보호단체 등에서 주장한 방안이기도 하다.

33   Zisook & Schucter, 1994

34   지자체에서 운영하는 동물보호센터는 '직영'과 '위탁'으로 나뉜다. '직영 보호소'는 공무원들이 투입되며 지자체에서 예산을 들여 별도의 공간을 마련하고 자체적으로 운영하는 보호소인 반면, '위탁 보호소'는 동물보호단체, 동물병원 등 법에서 정한 시설 기준에 적합한 곳을 심의를 통해 선정하여 유기동물 구조 등의 업무를 맡기고, 보조금을 지급하는 형식으로 운영된다.

35   한겨레, "대형 산불 때 동물 구할 '컨트롤타워' 생긴다", 2019.05.07

36   비거니즘(veganism): 동물성 제품을 섭취하지 않는 식습관 및 그러한 철학(네이버 지식백과)

37   로랑 베그(Laurent Begue), 『도덕적 인간은 왜 나쁜 사회를 만드는가』, 부키, 2019, p.118

38   김홍중, 『마음의 사회학』, 문학동네, 2018, p.70

39   EBS, 〈하나뿐인 지구〉 "야생동물이 배송되었습니다", 2015.10.02

40   김지혜, 『선량한 차별주의자』, 창비, 2019, p.98-99

41   인간중심주의(人間中心主義)는 인간의 가치관과 경험면에서 세상을 해석하거나 존중하는 것. 인간 우월주의 또는 인간 예외주의와는 구별되는 개념이다.(위키백과)

42   소병철, 「인간중심주의적 동물윤리의 가능성에 관한 소론」, 서강대학교 철학연구소, 2017, 철학논집 49. (2017): 109-139

43   신형철, 『정확한 사랑의 실험』, 마음산책, 2014, p.132